国家出版基金项目
NATIONAL PUBLICATION FOUNDATION

楚辭作於漢代考

何天行◎著

山西出版傳媒集團
山西人民出版社

圖書在版編目(CIP)數據

楚辭作于漢代考 / 何天行著. —太原: 山西人民出版社, 2014.11
(近代名家散佚學術著作叢刊 / 許嘉璐主編)
ISBN 978-7-203-08698-7

Ⅰ. ①楚… Ⅱ. ①何… Ⅲ. ①楚辭研究
Ⅳ. ①I207.22

中國版本圖書館 CIP 數據核字(2014)第 205969 號

楚辭作于漢代考

主　　編　許嘉璐
著　　者　何天行
責任編輯　梁晉華

出 版 者　山西出版傳媒集團·山西人民出版社
地　　址　太原市建設南路 21 號
郵　　編　030012
發行營銷　0351-4922220　4955996　4956039
　　　　　0351-4922127(傳真)　4956038(郵購)
E-mail　sxskcb@163.com　發行部
　　　　　sxskcb@126.com　總編室
網　　址　www.sxskcb.com

經 銷 者　山西出版傳媒集團·山西人民出版社
承 印 廠　山西出版傳媒集團·山西人民印刷有限責任公司

開　　本　700mm×970mm　1/16
印　　張　9.75
字　　數　130 千字
印　　數　1—3000 册
版　　次　2014 年 11 月　第 1 版
印　　次　2014 年 11 月　第 1 次印刷
書　　號　ISBN 978-7-203-08698-7
定　　價　22.00 圓

《近代名家散佚學術著作叢刊》編委會

出版説明

近代名家散佚學術著作叢刊選取一九四九年以後未再刊行之近代名家學術著作共一百二十册，編例如次：

一、本叢書遴選之著作在相關學術領域具有一定的代表性，在學術研究方向、方法上獨具特色。

二、爲避免重新排印時出錯，本叢書原本原貌影印出版。影印之底本皆經專家組審定，原書字體大小，排版格式均未做大的改變，原書之序言、附注皆予保留。

三、本叢書分爲八大類，以作者生卒年編次。

四、爲使叢書體例一致，本叢書前言後記均采用繁體字排版。

五、個別頁碼較少的版本，爲方便裝幀和閲讀，進行了合訂。

六、少數學術著作原書内容有個別破損之處，編者以不改變版本内容爲前提，部分進行修補，難以修復之處保留缺損原狀。

七、原版書中個別錯訛之處，皆照原樣影印，未做修改。

八、所選版本之抽印本頁碼標注，起始至所終頁碼均照原樣影印，未重新編排標注新頁碼。

由於叢書規模較大，不足之處，殷切期待方家指正。

總序／

披沙瀝金，以爲鏡鑒

◇許嘉璐

多年來有一個問題始終在我腦中盤桓：爲什麽在十九世紀末到二十世紀初，在短短的幾十年裏，中國的各個學術領域竟涌現了那麽多大師級的人物？這是中國近代史上一個極爲重要的現象，我認爲，如果不能給出令人滿意的答案，我們撰寫的近代學術史將是不完整的，甚至是缺乏靈魂的。後來我知道，著名人類學家克羅伯曾提出過一個問題：爲什麽天才成群地來？看來這種現象的出現並非中國所獨有，思考其所以然的也大有人在。而在那一次世紀之交中國的情況，似乎應驗了「天才成群地來」這個令克氏久久不解的疑問。錢學森先生曾從相反的方向提出了相同的疑問：爲什麽我們這個時代出現不了杰出人才？後來人們稱這個問題爲「錢學森之謎」。

要回答這些疑問不是件容易的事。與其迅速地囫圇地探尋，不如先多了解那些讓中國近代學術（應該包括人文科學和自然科學）史上閃耀着光輝的大師們的作品和自述，從而在腦海里盡量「復原」他們所處的環境和在那種環境下的心理路徑，從中或許可以得到一些啓示。

有一點是顯然的，這就是他們雖然都已遠離塵世而去，但是他們獨立思考的品性、求知治學的真誠、困厄窮愁中對節操的堅守，恐怕是他們共同的主觀因素，一直影響到現在，而且將會永遠留存下去。

就思想界、學術界而言，二十世紀上半葉是一個新説和舊説碰撞，中學和西學融匯的大時代。那時的學人極爲重視言行操守，同時具備現代知識分子的理想信念；他們的學術研究十分純凈，絶少功利因素；他們的視界開闊，以包容的心態和嚴謹的風格造就了成果的大氣與厚重。至於在客觀因素一面，他們實際是在用工業化時代的事實解説着太史公所説的名山之作「大抵聖賢發憤之所爲作」，困厄苦難使得他們「皆意有所鬱結」。這種鬱結，幾乎和個人的名利毫無牽涉，他們永遠不能釋懷的，是民族的存亡、國運的興衰、民衆的福禍和文脈的續斷。

那個時代也是近代歷史上最大規模的中西古今學術調適、創新的時期，學術方法上的交互滲透和融合、創新亦可謂「於斯爲盛」。斯時之學人是要在封閉的屋墻上鑿出窗子的勇士，是使人能够看看外部世界的第一批導夫先路者；或者可以説，他們是在「意有所鬱結」時「彷徨」和「吶喊」的「狂人」。

相對於那時的哲人們，後來者是幸運兒。現在的形勢是，近三十年來學界空前繁榮，衆多學科有了長足之進，其中很重要的一點是學界有了更新穎、更廣闊的國際視野，似乎接續上了百年前的學壇盛事。但細想想，「古」與「今」還是有差别的。其異，主要不在於世界情勢、學術進展、工具改善這些客觀存在，而在於在廣泛吸收各國優長的同時，自身文化的主體性越來越受到重視，换言之，「拿來主義」已經延長了「拿來」的程序，加上了試用、甄别、篩選、吸收、融合、成長。就我孤陋所見，在當今地球上，面向所有異質文明，努力汲取我之所缺，其範圍之大和心態之切，似乎無出中國之右者。從這個角度説，我們已經超越了前輩。但是事情還有另外一面，學術，特别是人文學科，其職業化、「沙龍化」和功利性，以及隨之而來的浮躁病却嚴重了。從這個角度説，是不是我們已經後退得够可以的了？而這是不是我們這個時代出不了大師的原因之一呢？

民國學術界的特點之一是極爲注重對傳統的反省、批判與繼承。他們對傳統文化盡最大的努力進行整理和研究。一方面，由於戰亂頻仍，民不聊生，學者們擔起了讓中華文化薪火相傳的歷史責任；另一方面，他們要通過對中國傳統文化的整理，挖掘來重振民族自信心。這一時期對傳統文化進行整理的全面而深入是前所未有的，舉凡文字學、語言學、經濟學、法學、哲學、政治制度、書法繪畫、金石學……規模之宏大，研究之精微，令人嘆爲觀止。

民國學術推動了現代學科體系的建立。在對傳統文化整理和研究的基礎上，吸收西方的文化思想和理念，推動和建立了中國現代學科體系。例如，在對語言文字和音韵學成果進行整理、研究的基礎上開始着手規範之，建立了國語學；深入研究書法、國畫，將其融入了現代美術學科；在廢除舊有學制後逐步建立起小、中、大學較完整的科目和學科體系。

民國學術也改變了傳統學術方式，建立了新的研究範式。以現代科學考古爲發端，科研的實踐和成果使中國知識界真正認識到在實驗、比較基礎上的邏輯分析對學術研究的重要，推進了中國學術的一大演變。至於我們常説的打破士大夫傳統、走出書齋到田野鄉村和市民中進行調查研究、結束了經學時代、以歷史眼光檢視儒學和諸子等等，都是確立新學術範式的努力。這一轉變，也標誌着中國學術界脱胎换骨，全面進入了現代，爲此後的學術發展奠定了堅實的基礎。當然，西方啓蒙運動以來，在「現代性」和「現代化」裏潛伏着的缺陷和謬誤也傳到了中國，這些不能不在前哲的著作裏留下痕迹。這並不奇怪。類似的情況，古往今來孰能免之？猶如今天的我們，誰敢自稱我之所見就是永恒的真理？在這個問題上兩個時代所異者，或許就在昔時大家創立新説或譯註西學著作，往往是懷着對學術和前哲的敬畏而爲之，故而常常誤不在我；當今則往往出於對學問和他人的輕蔑，或以所研究的對象爲謀己的工具，因而難辭主觀之咎吧。翻閱他們的心血之作，這些復雜的狀況可以顯見，可以視之爲我們的一面鏡子。

滄海桑田，世事變幻，歷史的動盪和時代的遮蔽，使當年許多大師的一些極有價值的學術著作被棄於故紙堆中，不能不令人有遺珠之憾。爲此，山西人民出版社不惜以數年之艱辛，披沙瀝金，編輯出版這套近代名家散佚學術著作叢刊，凡一百二十冊，計文學、史學、政治與法律、美學與文藝理論、民族風俗、宗教與哲學、經濟、語言文獻共八大類別。所選皆爲作者之純學術著作，無論是其見解、精神，抑或是其時代烙印，都是後輩學人可資借鑒的寶貴財富。他們出版這套叢書，意在讓世人不忘來程，知篳路藍縷之不易，爲民族文化的傳承再增薪木。

出版社的初衷，與我近年來所思所慮近似，故願略述淺見於書端，以與策劃者、編輯者和讀者共勉。

二〇一四年七月六日

改定於自安東回京途中

前言／猛回頭，那支支紅燭

——二十三種民國文學研究著作概覽

◇梁歸智

「視爾夢夢，天胡此醉？於時處處，人亦有言！」

此聯乃北京宣南（宣武門外舊城區）北半截胡同四十一號中「莽蒼蒼齋」楹聯。齋主何人乎？即戊戌變法失敗而捐軀之「六君子」中翹楚譚嗣同字復生號壯飛者也。慈禧太后發動政變，逮捕維新黨人，友人勸譚嗣同逃避，他堅辭曰：「外國變法未有不流血者，中國變法流血請自嗣同始。」乃於一八九八年九月二十四日被捕，繼而遇害於菜市口。臨刑前仍大呼曰：「有心殺賊，無力回天；死得其所，快哉！快哉！」

自此而後，果然爲變法——改變社會制度而流血不止，一九一一年十月十日辛亥革命成功，中國歷史上最後一個封建王朝被推翻，一九一二年一月一日中華民國成立。然餘波未息，新瀾迭起，袁世凱竊國，張勛復辟，北洋軍閥混戰，國民黨軍北伐，中國共產黨成立，國共爭鋒，時而合作，時而破裂，日本入侵，八年抗戰，勝利後繼以三年內戰，終於以一九四九年十月一日建立中華人民共和國而告一大段落。

從一九一二年一月一日到一九四九年十月一日，凡三十八年，此即「民國」時段也。

三十八年過去，彈指一揮間。戰焰紛飛，生靈涂炭，歷史真是「相斫書」！而文明的燭火，點點簇簇，飄曳閃爍於如磐夜氣之中，雖遭暴風，遇疾雨，而終不熄不滅。其中最具象徵性的事件，乃一八九七年二月二十一日在上海成立之商務印書館，於一九三二年一月二十九日遭日本侵略軍針對性轟炸，占全國出版量百分之五十二的出版巨頭損失一千六百三十萬元，百分之八十以上資産被毀，其所屬東方圖書館同時被炸，四十五萬册圖書化作劫灰，其中有無數古籍善本、孤本！日軍侵滬司令鹽澤幸一狂吠：「炸毀閘北幾條街，一年半就可恢復，只有把商務印書館、東方圖書館這個中國最重要的文化機關焚毀了，牠則永遠不能恢復。」而劫難後的商務印書館，懸掛出「爲國難而犧牲，爲文化而奮鬥！」的巨幅標語，經半年即宣告復業，實現了「日出一書」的奇迹。

由於歷史演變的吊詭，民國時期的出版物，在一九四九年以後的中國大陸，大多數遭遇了被遺忘的命運，沉埋於少數圖書館的塵封角落。斗轉星移，時來運轉，二十一世紀進入了第二個十年，山西人民出版社推出這套叢書，遴選民國出版的若干學術精品，分學科編纂，蔚爲盛事大觀。此分卷是對中國文學（主要是古典文學）的研究，共二十三種。下面對這二十三種書籍作一個概覽性的介紹。

先看這些書的作者。生年不明者毋論外，出生最早的當屬韓柳文研究法的撰者林紓，他誕生於一八五二年（清文宗咸豐二年），卒於一九二四年（民國十三年——一九一二年爲中華民國元年）。出生最晚的是陶淵明批評的作者蕭望卿，誕生於一九一七年（民國六年）。這二十位作者中，一些是後來成爲大家的著名人物，林紓之外，有大學者徐珂、章太炎、陳寅恪、呂思勉、陸侃如、周貽白、趙景深，著名作家蕭乾等。此外的作者，則屬於有一定學術建樹或僅留下少量著述的文化人。

從作品看，這二十三種著作有某一種文學或某個人作品的分論，如詩經之女性的研究、曹子建詩的研究，也有某一長時段的文學史或文藝理論性質的概説，如清代詞學概論、中國戲劇小史。其中陸侃如三種，趙景深兩種；而陳寅恪和蕭望卿的兩種著作研究對象相同而又篇幅短小，合爲一册；陸侃如有兩種合爲一册。故，這裏一共有二十位作者的二十三種著述，却是二十一册文本。

分册介紹述評，是按照著作内容所關涉之中國文學史發展綫索的先後爲序？還是以研究者的情况或者書册的寫作出版先後爲序？却是一個頗讓人躊躇的問題。因爲近四十年的民國，正是中國社會從傳統向近現代激烈轉型的時段，不僅作者的思想認識，書册的觀點立場，而且連書寫的語言文風，都存在鮮明的古今遞嬗演變的痕迹。經考量，决定采取折衷的立場，即基本上按照文學史發展的脈絡綫索，先概説性著作，後專題性研究，同時顧及其他因素，將徐珂、林紓、章太炎的三種以文言文表述的著述放在最後予以推介月旦，也算是對横跨清王朝與民國兩代之文化先驅者的致敬。

中國文學小史，作者趙景深，生於一九〇二年，卒於一九八五年，主要以元雜劇、宋元南戲和古典小説的輯佚考證而名世，代表性著作爲曲論初探、宋元戲曲本事、宋元南戲考略、中國小説叢考等。這本中國文學小史是他二十多歲時的作品，上海的大光書局出版，後再版重印，達二十次之多。他於一九三六年寫「十九版序」，這樣説道：「十年前，我跟隨着新文學浪漫運動的巨潮向前推動，當時我充滿了熱情和詩趣，喜歡説一點帶有情感的話，喜歡像做詩一樣的寫文章。……也許讀者們這樣的愛讀這本小書，使牠達到十九版，清華大學入學考試且曾指定此書爲唯一的參考書，大約都是爲了牠使人讀起來不至於十分頭痛吧？」

以西方的學科意識而撰述「中國文學史」，二十世紀以始，共有數百本。第一本中國文學史爲何人所寫？或曰英國人，或曰日本人，或曰俄國人。中國人自己最早撰寫的中國文學史，一般認爲乃林傳甲一九〇四年撰中國文學史，黄人（黄摩西）亦於同年撰同名之書。林著是在當年之京師大學堂即後來之北京大學撰成，黄著是在當年之東吴大學即後來之蘇州大學撰成，歷史演變的軌迹斑斑俱在。趙景深的這本「小史」，名副其實，牠篇幅很小，如作者自表，「我只是寫一本中國文學的常識；或者，我是在説一個故事」。其特色不在學術含量的全備高深，而在簡略概約，蜻蜓點水，却時見談言微中；同時文風清麗活潑，很適於普及。

中國文學小史凡三十五節，第一節「緒論」，第二節「詩經」，第三節「屈原宋玉」，第三十四節「清代的詩文」，第三十五節「最近的中國文學」。從詩經、楚辭始，司馬相如和司馬遷，曹氏父子，陶淵明與謝靈運，唐詩，宋詞，元曲，明清的小說、傳奇和詩文，面面俱到，而最後一節，更有聞一多、汪静之等的詩歌，郁達夫、魯迅等的小說，田漢、丁西林等的戲劇，周作人、朱自清等的散文等。

比起今日的文學史經典著作，此書自然不可能在材料的全備準確和學理的系統精深方面争勝，但其特色也頗堪注目，即那時還沒有後來的一些教條框架，因而一些說法能讓人眼前一亮，細想也頗堪玩味。如論到李白和杜甫的同異，這樣對比：

李白：南方化、仙品、出世、浪漫、受道家影響、才、情、樂自然；

杜甫：北方化、聖品、入世、寫實、本儒教見地、學、性、泣時事。

與後來的經典化定位大同小異，而更加言簡意賅，同時還有一些生動的表述，如這樣談論李白：「我們也曾想像到一個眸子炯然，腰束玉帶，身穿宫錦袍，在采石磯邊狂歌於船頭的詩人麽？這便是天才豪放的李白。」後面對李杜的「優劣」也一語到位：「李白是樂天的，杜甫是悲觀的。」「他們兩人作風如此不同，當然我們不能分出優劣來。」比起一九四九年以後幾部文學史的某些教條化論述，以及郭沫若的李白與杜甫之立場偏頗，民國時期學人的思想自由客觀公允躍然紙上。

詩經之女性的研究，謝晉青著。此書曾作爲商務印書館「國學小叢書」、「萬有文庫」而數次出版重印。謝氏生於一八九三年，卒於一九二三年，乃日本留學生、南社社員，另有譯著西洋倫理學史（原作者日本人三浦藤作）。詩經之女性的研究共十節，其實就是對十五國風裏的女性題材特別是愛情婚戀詩歌的思想與藝術分析評價。其「緒論」說：「我這次是想在詩經中，發掘古代婦女問題的，並不是做考據底工作，在意義方面，我們總以詩底本義爲歸宿，那些不可靠的誤解，我們一概不取。在藝術方面，我們總以普遍而真摯的平民主義爲歸宿，那些不自然的附會穿鑿，我們也一概排斥。」「結論」則總結説：「詩經底十五國風，原來存詩一百六十篇，其中經我認爲有關婦女問題的，共計八十五篇。這八十五（篇）詩，若再依性質來區別，那就是：最多的爲戀愛問題詩，其次即爲描寫女性美和女性生活之詩，再其次就是婚姻問題和失戀問題底作品了。爲什麽戀愛問題底作品，占最大的數目呢？這就因爲兩性問題，是在人類生活上，占最重要的地位底證據。」

此書的許多具體分析賞鑒相當細緻，頗能體現民國以來西方推崇女性張揚人性思潮對古典文學研究的影響，一九四九年以後中國文學史中的相關評述，傾向立場，實承其緒。

有關楚辭的著作，共選有兩種：陸侃如屈原與宋玉、何天行楚辭作於漢代考。

陸侃如，生於一九〇三年，卒於一九七八年，是二十世紀五六十年代中國著名古典文學專家，他與夫人馮沅君合著之中國詩史是開創性的著作。此外撰有樂府古辭考、陸侃如古典文學論文集、中國文學史簡編、中國古典文學簡史，及與高亨合著楚辭選，與牟世金合著文心雕龍選譯、劉勰論創作、劉勰與文心雕龍等。屈原與宋玉是在他的處女作屈原、宋玉基礎上整合而成，却也算得上這一研究領域初具規模的「集大成」之作。書共六節：一、引論；二、屈原的生平；三、屈原的作品；四、宋玉的生平；五、宋玉的作品；六、餘論。最後列「參考書目」，自王逸楚辭章句、洪興祖楚辭補注、朱熹楚辭集注以下凡四十種。可以説，後來關於楚辭研究的許多重要問題都已經有所體現或涉及，算得上是此領域近現代研究的一册早期代表性著作。

楚辭作於漢代考的作者何天行生於一九一三年，卒於一九八六年，對浙江遠古文化——良渚文化的發掘考證有重要貢獻，出版有杭縣良渚鎮之石器與黑陶，是著名的考古學著作。楚辭作於漢代考受當時顧頡剛疑古學派的影響，論證楚辭各篇皆作於漢代，離騷的作者是淮南王劉安。這種觀點是楚辭研究中的一家之言，後來朱東潤也持相近觀點。楚辭作於漢代考的寫作曾受到蔡元培的鼓勵，完成於抗日戰爭發生前夕，作爲一種歷史痕迹，於楚辭學的演變具有參考價值。

漢代詞賦之發達，商務印書館一九三五年出版，其作者金秬香，生平待考，他另有駢文概論一書，爲商務「萬有文庫」第一集中叢書，則金氏乃當時知名文化人無疑。漢代詞賦之發達共十章，對漢賦作了比較全面的考察研究，其第一章「辭字之解釋」辨析「辭」與「詞」字義語源的來龍去脈，認爲「楚辭漢賦」中「辭」應作「詞」，故全書行文，皆稱「詞賦」。其後各章，對「賦字之定義」、「詞賦之源流」、「詞賦之作用」、「詞賦之分析」、「漢代詞賦之所由盛」、「漢代詞賦之所由衰」、「漢代詞賦發達之原因」、「漢代詞賦之種類」、「漢代詞賦之變遷」分别討論，漢代重要詞賦作家作品多已涉及，全書行文爲淺近文言。由於詞句多古僻，深入研討漢賦者歷來不多，此書可視爲漢賦研究的早期圭臬。

陸侃如樂府古辭考，完成於一九二五年，商務印書館一九三〇年出版，堪稱是對漢樂府研究的開山之作。共八章，依次爲：一、引言；二、郊廟歌；三、燕郊歌；四、舞曲；五、鼓吹曲；六、横吹曲；七、相和歌；八、清商曲。序例有云：「樂府是中國文學史上很重要的材料。但是研究起來，較詩經楚辭爲難，因爲没有適當的參考書。……近來研究詩經楚辭的人很多，但很少有人研究樂府的。這本小册子的問世，便是希望能引起讀者對於樂府的興趣，大家來作湛深的研究，使樂府的真價值不致永久的湮没。」雖是「小冊子」，而能於漢樂府爬梳史料，清理源流，辨析考鑒，確有開闢之功，後來的研究者，實受其惠。

此冊還另有陸侃如的一篇論文左思練都考，北京大學出版部一九四八年出版，乃對西晉詩人左思撰寫三都賦構思十年的傳統説法提出异議，認爲「事實上三都賦的構思恐怕超過二十年」，引證古籍，分析辯駁，是一篇專門的考證文章。

原廣州師範學院院長陳一百，生於一九〇九年，卒於一九九三年，是一位教育家。其所著曹子建詩研究於一九四〇年由上海三通書局出版，一九七一年香港大地出版社再版。書分上下篇，上篇包括曹植傳略、曹子建集的傳本考略、曹植詩歌的情感、後世諸家對曹植的評論；下篇兩部分，分別是曹植詩選讀和曹植樂府選讀，文末附有清代學者丁晏的魏陳思王年譜。此書也算對曹植其人其詩的一種早期研究的痕迹，可供後來者借鑒參考。

陶淵明之思想與清談之關係、陶淵明批評二書篇幅不大，故合爲一册。前者爲陳寅恪的一篇論文，燕京大學哈佛燕京社一九四五年出版；後者爲蕭望卿著，開明書店一九四七年出版。陳寅恪生於一八九〇年，卒於一九六九年，是名震遐邇的文史大師，毋庸多介。蕭望卿生於一九一七年，卒於二〇〇六年，曾先後於西南聯大和清華大學深造，並與聞一多、朱自清、沈從文等大家交往密切，一九四九年後任教於河北師範學院中文系，述而不作，僅有此陶淵明批評傳世。

陶淵明之思想與清談之關係不愧名家名作，條理清明，言簡義豐，實爲後世研陶之先驅。文章首先追溯從漢末、魏到晉的「清談」之風，「然則當時諸人名教與自然主張之互異即是自身政治立場之不同，乃實際問題，非止玄想而已」。「略述淵明之前魏晉以來清談發展演變之歷程既竟，茲方論淵明之思想，蓋必如是，乃可認識其特殊之見解，與思想史上之地位也。」再討論陶淵明與佛教徒慧遠等頗有交往，而其思想不染佛風，乃因爲「蓋其平生保持陶氏世傳之天師道信仰，雖服膺儒術，而不歸命釋迦也」。同時，陶淵明「自以曾祖晉世宰輔，耻復屈身異代」，他的「自然」思想，「與當日實際政治有關，不僅是抽象玄理無疑也」。

最後論定陶淵明作爲思想家的崇高地位：「淵明之思想爲承襲魏晉清談演變之結果及依據其家世信仰道教之自然説而創改之新自然説。……不似舊自然説之養此有形之生命，或別學神仙，惟求融合精神於運化之中，即與大自然爲一體。……故淵明之爲人實外儒而内道，捨釋迦而宗天師者也。推其造詣所極，殆與千年後之道教採取禪宗學説以改進其教義者，頗有近似之處。然則就其舊義革新，『孤明先發』而論，實爲吾國中古時代之大思想家，豈僅文學品節居古今之第一流，爲世所共知者而已哉！」

陶淵明批評共三章：陶淵明歷史的影像、陶淵明四言詩歌論、陶淵明五言詩的藝術。這本書是文學史角度的陶淵明專論，與陳寅恪的思想論合而觀之，可謂陶淵明的「全影」，一九四九年後陶淵明研究的輪廓理路，其實皆在其籠罩之下。

此書前有朱自清的序，言短義豐，對陶淵明批評的價值貢獻，可謂已經説盡。陶淵明「詩最少，可是各家議論最紛紜。考證方面且不提，只説批評一面，歷代的意見也够歧異够有趣的。本書『歷史的影像』一章頗能扼要的指出這種演變。在這紛紜的議論之下，要自出心裁獨創一見是很難的。但這是一個重新估定價值的時代，對於一切傳統，我們要重新加以分析和綜合，用這時代的語言，重新表現出來。本書批評陶詩，用的正是現代的語言，一鱗一爪的，雖然不是全豹，表現着陶詩給予現代的我們的影像。這就與從前人不同了。」「本書二三章專論陶詩的作風和藝術，不厭其詳。從前人論陶詩，以爲『質直』『平淡』，就不從這方面鑽研進去。但『質直』『平淡』，也有個所以然，不該含胡了事。本書詳人所略，便是這方面的努力。」「陶淵明的創獲是在五言詩。本書説『到他手裏，才是更廣泛的將日常生活詩化』，又説他『用比較接近説話的語言』，是很得要領的。」「歷來評論者推崇他的五言詩，因而也推崇他的四言詩，那是有所蔽的偏見。本書論四言詩一章，大膽的打破了這個偏見，分別詳盡的評價各篇的詩。」

陶淵明之思想與清談之關係用文言行文，簡潔清雅；陶淵明批評則是生動活潑的白話文，沒有一九四九年後的八股教條氣味。今天的人閱讀起來，也感到很親切的。

唐代文學史，陳子展著。陳氏生於一八九八年，卒於一九九〇年，一九三三年起一直任教於復旦大學，以詩經直解、楚辭直解名世。唐代文學史於一九四四年由作家書屋（姚蓬了在上海開的書店）出版，一九四七年重印，共八章，分別是：一、説到唐代文學；二、初唐詩人；三、盛唐詩人；四、中唐詩人；五、晚唐詩人；六、古文運動；七、唐人小説；八、晚唐五代詞人。對整個唐代文學，作了梳理概述，篇幅不長，內容全面，可以視爲後來中國文學史唐代文學部分的早期代表作。其中的説法，今天看來自然不新鮮，放在當年的時代背景下，則頗可稱道。如論李白與杜甫的優劣：

> 可見一個肯自命爲狂者，一個不諱言爲腐儒。一個抱超世主義，源於道家思想；一個抱淑世主義，源於儒家思想。一個幻想超昇仙境，一個不忍離開君國。總之，他們的作品都是他們自己生命純真的表白。
>
> 大抵李杜於詩的手法上，一個側重自然，一個側重雕飾。風格上一個豪放飄逸，一個沈（即「沉」）鬱頓挫。各有各的價值，各有各的生命。

商務印書館「國學小叢書」有顧彭年杜甫詩裏的非戰思想，一九二八年出版，一九三三年重印，據作者序言，書完稿於一九二五年。商務印書館「萬有文庫」中又有顧氏現代歐美市制大綱一書，一九三〇年出版。此外知道他從事過新體詩的翻譯與創作，其餘生卒年和生平等則概不清楚。杜甫詩裏的非戰思想共五章加一個附録：一、緒言；二、杜甫傳；三、杜甫的時代；四、杜甫以前及他同時代的反對戰爭的思想與作品；五、杜甫詩的非戰思想；附録：杜甫時代重要之戰爭與叛亂年表。

杜甫爲「詩聖」，杜詩乃「詩史」，歷來研究繁夥。此書以「非戰思想」爲中心主題，表現出明顯的時代印記。如作者自序中所云：「迨江浙戰争發生後，作者對於戰争的惡魔的面龐益認識清楚，這位大詩人的非戰作品，也就愈加湧現在我的腦際了，但因戰争的驚擾，屢次遷徙，心如蝴蝶，如浮萍，飄蕩無定，不克專心於此，直到逼近年節，始把牠修改好，字數已比初稿增加了一倍以上。」今日之杜甫研究成果已經汗牛充棟，而此册小書，仍於讀者開卷有益，在於戰争之兇惡痛苦，人類仍未能完全消弭避免。而此書感同身受的寫法，就不僅是一本研究著作的影響了。其緒言末段的感慨最能傳達不以時代變遷而更改的情愫：「我們所處的時代與杜甫的時代有不少的地方相類似；環境的艱險比他的有過之無不及；我們的兄弟，所流的血泪，所受的凌辱與壓迫與騷擾，比他的時代的人更甚；但當今能代表時代的作品有幾？能真切的表現自己所處的環境的佳制有幾？具有完整，聖潔，毅勇，偉大的人格而爲民衆呼吁的詩人安在？」

唐人詩中所見當時婦女生活，作家書屋一九四七年出版。作者劉開榮，一九三五年考入金陵女子文理學院中文系，一九四一年畢業，一九四三年完成此書。劉開榮後來又去燕京大學歷史系深造，在陳寅恪指導下完成唐代小説研究，一九四七年商務印書館出版，一九五〇年再版，一九五三年三版，臺灣亦曾三次重版。

唐人詩中所見當時婦女生活書前除作者自序外，尚有華西大學華西週刊主編陳國樺序、陳中凡序及華西大學英文系外教費爾樸序。陳國樺序末署「（民國）三十二年二月十二日序於華西大學」；陳中凡序末署「民國三十二年一月二十五日」、「成都華西壩廣益學舍」，費爾樸序末署「一九四三年春」、「於四川成都」，而劉開榮自序末署「（民國）三十二年一月二十二日於華西壩」，是則其時劉開榮與陳中凡俱任教於華西大學。書之正文共九章：一、引論；二、勞動婦女（上）；三、勞動婦女（下）；四、民間一般婦女的日常生活；五、民間一般婦女的精神生活；六、妓女生活；七、宫庭婦女及貴族婦女生活；八、女冠子生活；九、結論。

陳國樺序有云：「處在中國抗建（即抗戰與建設——引者）的現階段，如欲建設新中國，必須動員二萬萬多女同胞的力量，共同參與偉大的建設工作。著者劉開榮君寫成此書，實無异提出婦女解放的問題，請大家重新加以嚴肅的考慮，因爲唐代的婦女生活，又何異於現代的婦女生活呢？」

陳中凡序則説：「我以爲此文可以作爲唐代婦女史看。因爲我國古代史家專紀帝王名臣的史績，至今中國史書有帝王家譜之譏。社會上廣大群衆反被擯於史書領域以外，真是憾事。今讀此文，方知道史家所忽略的東西，詩人乃一唱三歎，反復申詠。只要後人加以探討，就可以把當日被壓迫的一般婦女實際情形，畢露無遺。」

費爾樸序（英文，劉開榮譯成漢語）贊美：「本書作者劉開榮女士，本人會詩，也善爲富有詩意的散文，可以説是給近代的文學寶庫添上了一幅生動的圖畫——一幅女人的美麗的夢景。『唐代的光榮』不但包括有金漆的畫棟和迴廊，光彩奪目的瓷器，以及吴道子的山水名畫，并且有琳琅滿目的辭林文苑，裏面活躍地呈現着宫庭裏莊嚴的婦女，也舞動着詩人們生花的筆尖。」

劉開榮的自序中則如是説：「本書的目的，不是要研究某一人某一事，而是要像一個攝影專家，把唐人詩中所反映的當時婦女生活的斷片，一一剪下來，拚在一起，使人一看便可得到一個個鳥瞰。所以凡能對當時的婦女生活，給一綫光明或一絲暗示的詩料，作者都不肯割捨。尤其關於佔有人精神生活一大部份的兩性間的言情談愛的記載，作者更要把它赤裸裸地呈現在讀者的面前，讓讀者進到他們的精神世界裏面去，不再襲用以往的成見，把君臣的關係拉扯上去，加以牽强附會的解釋了。」

可見這册書，無論作者與評者，都更注重其對「新婦女觀」的弘揚，而於唐代文學研究的價值反而在其次。劉開榮身爲女性，於有關女性的詩作更容易心有戚戚焉。這自然也受當日西學日漸張揚女權等社會情境、時代風氣和思潮的影響。今日的讀者，則更注重其學術層面的價值。如陳汝潔説：「有人説劉開榮的這本書實踐了陳寅恪先生的『以詩證史』的思想，我仔細讀了之後，覺得劉著與陳寅恪先生的元白詩箋證稿相比，還是差别較大的。陳著箋釋元白詩，往往證之以史籍，能使人明了詩中所寫何者爲史實何者爲虚構。在陳來説，『以詩證史』又何嘗不是『以史證詩』。而通過『以史證詩』所揭示出的元白詩中的今典，對讀者理解元白詩具有重要作用。以注釋來説，能注出今典比注明古典難度要大。寅恪先生在元白詩箋證稿中揭示了大量今典，因難能而可貴。而劉著在全書中很少涉及當時的史籍，所以讀後讓人覺得是她從全唐詩中分類披檢關乎婦女詩作，費了不少工夫而欠了一點功力，無法望陳著項背。但劉著是一部有趣的書，她把唐詩中關於婦女的詩作檢索、排比出來，讓人知道唐詩中的這一類。倘若她能够進一步讓讀者知道詩中所寫的這些婦女生活，哪些合於唐代史實哪些是詩人虚構，那該多好！不過，從書名來看，她大約認定唐代詩歌中所寫即是當時社會中所有，真的嗎？我認爲這需要證明。」

清代婦女文學史，一九二七年二月中華書局初版，一九三二年十二月再版，共十七萬五千字。作者梁乙真，河北獲鹿人，生於一九〇〇年，一九二五年後就讀於上海南方大學，卒年及生平不詳。除清代婦女文學史外，尚著有中國文學史話、中國民族文學史、中國婦女文學史和元明散曲小史。

清代婦女文學史共列舉了漢、滿閨閣名媛、娼門、女冠、難女、乞丐女性作者三百餘人。內容目録爲：第一編明清兩朝婦女之極盛時期；第二編清代婦女文學之極盛時期（上）；第三編清代婦女文學之極盛時期（下）；第四編清代婦女文學之衰落時期；第五編清代婦女文學雜述。

書前有王藴章序、王燦芝序和自序，書末附録清代婦女著作家表及人名索引。此書受謝無量中國婦女文學史啓發和影響，但後來居上。王藴章和王燦芝都給予較高評價。當代女性文學研究者也頗加青目，評論其重視女性張揚女權的思想意義高於文學史意義。所謂二十世紀三部女性文學史梁乙真居其二。

宋代文學，吕思勉著。吕氏生於一八八四年，卒於一九五七年，是著名歷史學家，其中國通史、秦漢史、讀史札記等都是史學名著。這册宋代文學一九二九年由商務印書館出版，共六章，分别是：一、概説；二、宋代之古文；三、宋代之駢文；四、宋代之詩；五、宋代之詞曲；六、宋代之小説。

此書行文用淺近文言，梳理宋代各體文學的代表作家、演變發展脈絡相當全面，可視爲宋代文學史的早期代表作。其觀點議論，具有二十世紀早期的清明樸實，非如後來受各種所謂「範式」拘限者。如論三蘇之文：蘇洵「筆力堅勁，自以老泉爲最。然老泉好縱横家言，恒以權譎自喜，而其言實不可用。故其議論，多有不中理者」。蘇軾「則見解較老泉爲高。雖亦不脱縱横之習，然絶去作用處，時或近於道家。非如老泉一味以權術自矜也。尤妙在能以明顯之筆達之。晚年文字，則心手相忘，獨立千載」。蘇轍「氣象不如其父兄之雄奇；才思横溢，亦非乃兄之敵。然議論在三家中最爲平正，文亦較有夷然澹蕩之致，則亦非父兄所能也」。宋代文學專設駢文一章，也是後來的文學史一般所忽略的。

中國詞史大綱，胡雲翼著。胡氏生於一九〇六年，卒於一九六五年，曾於中學、大學任教，後爲上海中華書局、商務印書館編輯，於唐宋詩詞研究深湛，有宋詞研究、宋詩研究、宋詞選、唐詩研究等著作行世，影響頗大。中國詞史大綱，北新書局（創立於北京，後遷上海）一九三五年出版。此書分兩編，第一編爲「唐五代詞」，共九章，第二編爲「北宋詞」，共十四章，共録詞人凡五十七家。

此書爲近代意義上對詞這一形式溯波追源之較早學術著作，也可以説是研究宋詞的早期經典。其論詞與詩之區别云：「長短句的歌詞在文人的社會裏確立以後，牠的發展漸漸地把不甚協樂的律絶詩壓倒了。我們看樂曲裏面的長命女、烏夜啼、漁夫詞、長相思、江南春、步虚詞、鳳歸雲、離别難、金縷曲、水調歌、白苧等調，最初都是用五七言絶句歌詞，後來都改用長短句的歌詞了。中唐詩人還有寫律絶詩給樂工伶妓們去唱，到晚唐竟失掉歌詩之法，只有長短句的歌詞了。這不顯明的是：長短句的歌詞藉着在音樂上的便利，把整整的歌詩打倒了嗎？」詞的興盛在音樂這一歷史的核心問題，如此明白曉暢地揭示了出來。

詞的歷史分期，此後的文學史，都以中國詞史大綱的説法爲準，如北宋詞的演變：「歷史的發展，則可分爲四個時期：第一個時期是小詞的時期，以晏殊、歐陽修、晏幾道諸人爲主幹；第二個時期是慢詞的時期，以柳永、秦觀諸人爲主幹；第三個時期是詩人的詞的時期，以蘇軾、黄庭堅諸人爲主幹；第四個時期是樂府詞復興的時期，以周邦彦、李清照諸人爲主幹。」與後來的文學史相較，中國詞史大綱没有「婉約派」「局限於個人趣味」，「豪放派」「關注國家社會」「積極入世」一類意識形態評論語言，更顯學術性的單純。

趙景深著宋元戲文本事，北新書局一九三四年出版，但其完成於一九二三年六月。這是對宋元南戲研究的筆路藍縷之作，其開闢之功永耀史册。作者在自序中説：「這一本小書的目的是想把已佚的宋元戲文輯録出來，作爲研讀中國文學的一個參考；爲了恐怕專載佚文太枯燥，斷簡殘篇湊在一起也令人有丈二金剛之感，於是也附一點本事，把殘文貫串起來，使得讀者看這一本書不像是摹（即『摩』）挲古董，而像是在讀幾篇很有趣味的短篇小説。」

書共九章，輯自南九宮譜、新編南九宮詞、雍熙樂府、九宮大成南北詞宮譜，内容包括：一、王焕和王魁；二、陳巡檢梅嶺失妻；三、四種戀愛戲文；四、王祥卧冰；五、黄周兩孝子；六、江流和尚；七、僅存三五曲的元代戲文；八、僅存兩曲的元代戲文；九、僅存一曲的元代戲文。

中國戲劇小史，周貽白著。周氏生於一九〇〇年，卒於一九七七年，是著名中國戲曲史家和中國戲曲理論家，還曾經創作並演出話劇作品三十部上下。他首先提出並詳細論證中國戲曲的三大聲腔源流——崑曲、弋陽腔和梆子腔，厥功甚偉。他於一九三六年出版中國戲劇史略和中國劇場史（商務印書館），中國戲劇小史乃在前二書基礎上再加補充修訂，於一九四六年由上海的永祥印書館印出。後來又出版中國戲劇史（一九五三）、中國戲劇史講座（一九五八）、中國戲劇史長編（一九六〇），以及遺著中國戲劇發展史綱要（一九七九），都是以中國戲劇小史爲基礎的。

中國戲劇小史共八章：一、中國戲劇的形成；二、唐宋的戲劇；三、南戲與北劇；四、明代戲劇的概況；五、崑曲與亂彈；六、皮黄劇的勃興；七、文明戲與話劇；八、中國戲劇前途的展望。今天的讀者，要了解中國戲劇發展的歷史，當然有後來居上者的書可讀，但前驅者的貢獻也是不容抹殺的。中國戲劇小史的意義就在這裏。

中國小説的起源及其演變，正中書局（陳果夫一九三一年創立於南京）一九三四年出版，作者胡懷琛。胡氏生於一八八六年，卒於一九三八年，一九三二年被聘爲上海市通志館編纂。他搜集整理一批上海地方史志珍貴資料，卓有貢獻。其藏書以詩文集和課本爲特色，如三字經、百家姓、千字文、千家詩等，收集齊全，劉鶚稱其爲「三百千千」。收集外文書籍和少數民族作者的漢文詩集一千餘種，可惜其藏書在抗戰時多半被日寇炸毀。一九四〇年，其子胡道静將殘餘之書捐獻給了震旦大學。

中國小説的起源及其演變共六章：一、本書説到的範圍；二、小説的起源及小説二字在中國文學上的涵義之變遷；三、中國小説「形」的方面的演變；四、中國小説「質」的方面的演變；五、現代小説；六、研究中國小説參考的書目。第一章開宗明義：「本書所講的，只有兩件事情如下：（一）是中國小説的起源，與小説二字涵義的變遷。（二）是中國小説的演變，並現代小説的標準。」

研究小説者歷來推崇魯迅的中國小説史略和胡適的中國章回小説考證，那自然是開山的典範之作。其後錢静芳小説叢考、蔣瑞藻小説考證等也都功力深湛，卓然有成。本書算得上是一册史論相結合的小説研究著作，在中國小説研究的歷史進程中，雖然不如上述幾種著作那麽經典，却也有其歷史的價值和意義，從「可讀性」來説，則更占優勢。如此書説到中國小説的歷史變化，通俗易懂而能切中肯綮：「由古代的傳説在口上，演變成寫在紙上，這是一變。宋代的説話勃興，這是第二變。宋人的話本，由説給人家聽的，變爲直接給人家看的，這是第三變。紅樓夢、儒林外史等，只是寫的，不是説的，這是第四變。然而『説』和『寫』，仍是同時候存在的，決不是變成後者，前者就消滅了。只不過互有盛衰而已。」

此外説到的一些情況，也頗能讓我們對於歷史的演變，有一種親切的感知。如：「在民國前一二年，有周作人譯的域外小説集，是用文言譯西洋的短篇小説。不過是大失敗了。這失敗並非域外小説集自身不高明，只是和那時候的讀者程度相差太遠。第一不歡喜讀這種無頭無尾的短篇小説，第二不歡喜讀平淡無奇的故事，第三不歡喜這種比較生硬而樸質的文言。結果，這部書當時幾乎没有人知道。」

書評研究，商務印書館一九三五年出版。作者蕭乾生於一九一〇年，卒於一九九九年，是著名翻譯家、作家、富有傳奇色彩的二戰記者，畢業於燕京大學新聞系，後去英國劍橋大學任教並讀碩士學位，一九四三年領取了隨軍記者證，正式成爲大公報的駐外記者，也是二戰時期歐洲戰場的唯一中國記者，一九九五年中國作家協會授予其「抗戰勝利者作家紀念碑」榮譽。三百二十萬字的蕭乾文集包括小説、散文、特寫、回憶録等，譯作莎士比亞戲劇故事集、好兵帥克以及與夫人文潔若合譯的尤利西斯等更是影響巨大久遠。

隨着近現代出版業的發展，書評也逐漸增多，但對這種新型的文學批評樣式作正式的研究，書評研究可以説是拓荒之作。書共八章：一、序論；二、書評家；三、閱讀的藝術；四、批評的基準；五、批評的藝術；六、書評的寫作；七、書評與讀書界；八、附録。此書的核心思想是，書評是有益於社會的嚴肅工作，書評家是具有特殊身份的知識者，代表讀者的鑒定者，文化生産的監督人，而不是庸俗、獻媚的商業廣告商。如：「一切批評都必須基於清澄的理解。批評的公允實即理解深澈的反映。」「書評家寧可改業廣告，永不可用批評的地位作兜售的營生。」「對讀者他服務，却也不侍奉如奴隸。他把讀者看成智力的平等者。他並不武斷地强迫讀者接受他的意見，也不賣弄學問如一塾師。讀者的好惡是受風氣支配的，但他不追隨那風氣，他不固執，却有信仰。」無疑，即使在今天，書評研究仍然有牠的現實針對性和意義。

清代詞學概論，上海大東書局一九二六年出版。其作者徐珂生於一八六九年，卒於一九二八年，爲光緒舉人，袁世凱天津小站練兵時的幕僚，一九〇一年任上海外交報、東方雜誌編輯，後爲商務印書館編輯，其所編纂的清稗類鈔是享譽學林的文史巨著。

清代詞學概論共七章：一、總論；二、派別；三、選本；四、評語；五、詞譜；六、詞韵；七、詞話。作者雖入民國，而其傳統文化教養的底色，濃郁深厚，迥非後來人可比。故此書行文，爲優美洗練的文言，而其對清詞演變脈絡的勾勒，代表性詞人的品評，乃至資料的選録等，都有「個中人」的真知灼見，可謂言簡意賅，高屋建瓴，非後來研究者搬弄西洋「範式」敷衍成文者可及。無疑，此書可列入「學術經典」的行列，不像本選集大多數作品具「過渡轉型」之身份色彩也。

如清代詞學概論評騭「清初之詞」的代表作家，「最著者」爲朱彝尊、陳維崧，「兩人並世齊名」，而前者「情深，所作詞高秀超詣，綿密精美，其蔽爲餖飣」；後者「筆重，所作詞天才艷發，辭鋒横溢，其蔽爲粗率」；「繼之而起名重一時者，實惟納蘭容若。門第才華，直越北宋之晏小山而上之，其詞纏綿婉約，能極其致，南唐墜緒，絶而復續」。再如説清詞之派别：「有清一代之詞，有二大别：一浙派，一常州派，亦猶散體文之有桐城陽湖二派也。」這些基本的定位，都成了後來各種文學史、清詞史祖述的圭臬。再如書中説到「才人之詞」、「學人之詞」、「詞人之詞」的三分法，也直搗黄龍，揭示本質，對後世影響深遠。

韓柳文研究法著者林紓生於一八五二年，卒於一九二四年，堪稱是一位清末民初的文化奇人。他是桐城派散文的殿軍，一點不懂西洋語言文字，僅憑聽人口述，把一百八十多種西方小説翻譯成漢語，成爲向古老中國介紹西方文學的開山人。「林譯小説」，曾經是好幾代人的最愛，用文言表述的漢譯西方小説，成了中西文化交流史上一道奇异的瑰彩。

韓柳文研究法亦是文言文著作，對韓愈和柳宗元的多篇古文逐一評論，細緻深入，作者所持觀點立場，則完全是傳統的儒家思想體系和桐城派衡文的法眼，完全不見西學影響的痕迹。此亦可見所謂民國時段之文化形態，新舊雜陳，多元豐富也。

前有馬其昶（一八五五——一九三〇）短序，馬氏乃桐城派後勁，清史稿之「儒林」、「文苑」卷總纂。其序説與林紓「同客京師，一見相傾倒，别三年，再晤，陵谷遷變矣。而先生著書談文如故，一日出所謂韓柳文研究法見示」。所謂「陵谷遷變」，即指清朝滅亡而民國建立，韓柳文研究法於一九一四年由商務印書館出版，則此書或峻稿於清季。馬其昶贊美林紓「於史漢及唐宋大家文，誦之數十年，說其義，玩其辭，醰醰乎其有味也」。林紓於韓愈、柳宗元的古文沉浸涵泳，所謂「韓氏之文，不佞讀之二十有五年」，則其所得所會，自然和後來接受了西方文藝思想的研究者，無真賞而僅「分析批判」所見大爲不同。

如林紓這樣評析韓愈的文章寫作技巧：「韓氏之能，能詳人之所略，又略人之所詳。常人恒設之籬樊，學韓則障礙爲之空。常人流滑之口吻，學韓則結習爲之除。漢所謂摧陷廓清者，或在是也。」「韓文能抑絶掩蔽，不使自露。不佞久乃覺之。……不善學者，往往因蔽而晦，累掩而澀。……所難者，能於掩蔽中，有淵然之光、蒼然之色，所以成爲昌黎耳。」

再如評柳宗元：「柳州段太尉逸事狀，與昌黎張中丞傳後叙，均洋洋有生氣，亦皆良史之才也。不佞甚惜柳州不爲史官，其寫忠義慷慨處，氣壯而語醇，力偉而光斂，可稱極筆。」「若公在永州，一荒昧不辟之區，必待糞除，其勝始出。是永州之勝，均係諸公之一言。則非極力描摹，山容水態，亦不易流傳於藝苑。集中諸文皆佳，而山水之記，尤爲精絶，雖大同小异，然各有經營。韓公猶望而却步，何論其他。」

文學論略，章太炎著。章太炎生於一八六九年，卒於一九三六年，太炎是號，名炳麟，在小學（語言文字學）、歷史、哲學、政治方面都有卓越貢獻，乃近代的國學大師。我的業師姚奠中先生是章先生最後招收的研究生之一，把對文學論略的評介作爲這一個系列學術著作的「收官」，格外具有意味。

文學論略首發於一九〇五年的四川學報（未完），一九二五年上海的群衆圖書公司出版，一九二六年再版，後來又成爲國故論衡的一部分。文學論略前面有胡適的一篇序，其中的一些話很有意味：

這五十年是中國古文學的結束時期。做這個大結束的人物，很不容易得。恰好有一個章炳麟，真可算是古文學很光榮的結局了。章炳麟是清代學術史的押陣大將，但他又是一個文學家。

他是能實行不分文辭與學說的人，故他講學說理的文章都很有文學的價值。

但他究竟是一個復古的文家。他的復古主義雖能「言之成理」，究竟是一種反背時勢的運動。

總而言之，章炳麟的古文學是五十年來的第一作家，這是無可疑的。但他的成績只够替古文學做一個很光榮的下場，仍舊不能救古文學的必死之症，仍舊不能做到那「取千年朽蠹之餘，反之正則」的盛業。他的弟子也不少，但他的文章却没有傳人。

文學論略開宗明義：「何以謂之文學？以有文字，著於竹帛，故謂之文；論其法式，謂之文學。凡文理，文字，文詞，皆謂之文；而言其采色之焕發，則謂之彣（讀『文』，文采之意）」。這裏的核心思想，即文、史、哲不作絶對區分的「文學」觀念。而這一點，正是中國文化的根蒂，與西方講究分科別類的「科學」文藝學大異其趣。從表面看來，如胡適所批評，章太炎的這種文學觀是「復古主義」，「反背時勢」。胡適在序言結尾説：「章炳麟在文學上的成績與失敗，都給我們一個教訓。他的成績使我們知道文學須有學問與論理做底子，他的失敗使我們知道中國文學的改革須向前進，不可回頭去。」

以五四新文化運動爲起始標誌的「白話文」運動，正是沿着胡適的主張發展前行的，魯迅的「拿來主義」主張也主宰了整個二十世紀的中國文學和文化的走向。我們所評介的民國學術著作，絕大多數也體現了這個方向和主旨。但問題並不是單一的，歷史也是復雜的，如今我們回顧反思，在肯定胡適所説「改革必須向前，不可以回頭去」的歷史合理性一面的同時，也必須正視章太炎的文學主張，蘊含有更深層的中國傳統文化之精義奥旨，而且隨着人類文化在二十一世紀出現的困境，越來越具有啓示意義。單從對文學的認識來説，章太炎標榜的文、史、哲大會通的中國傳統文化的根本立場，也是有其文化深刻性和現實針對性的。

因此，對民國長達四十年時段的學術著作及其體現的思想方向，也不能簡單化地對待，忽視其所體現的歷史走向必然性與新價值的合理性是不對的，過分拔高推崇也有所偏頗。畢竟，那是一個「過渡」、「轉型」的時期，其多數學術文化著作也必然帶有「過渡」、「轉型」的色彩，是「進行時」和「未完成時」，距離「經典」尚有距離。從戊戌變法到辛亥革命到五四運動，一直到一九四九年，泛民國時段（包括其醖釀鋪墊時期）之中國現代化歷程從肇始而前行，歷經曲折，其激烈變化之歷史空隙中艱難産生的學術文化，有其大膽引進勇敢開拓而攝人心魄的一面，也有其嘗試而稚嫩、外來與傳統磨合不甚相契的一面。近世之社會轉型文化轉型乃大勢所趨，民國的學人們做出了艱苦的努力和卓越的貢獻，如何能在吸取世界其他文明滋育的同時，又能使中國傳統文化精粹得以恢弘發揚，再造輝煌，此正民國以來直至今日，中國知識界文化界苦苦思索探尋而歷久彌新之時代課題！

正是在這個意義上，民國的學術著作，這些體現了當日中國文化精英思考、研究、探索中國的社會與國家之現代化轉型的成果，其中的材料等或已經是舊痕陳迹，而其所思考的問題，所探索的思路，所提出的設想，以及這些著作本身的種種成就和不足，對於今天的中國現實，仍然具有攻错借鑒的意義。他山之石，可以攻玉，何況此本非他山之石，正我山自有之石乎！

欲滅其國族，必先滅其文史。民族的歷史，特別是文化史、思想史、學術史，誠乃一國一族之精魂慧命之所在所基。當年日本侵略者之所以轟炸商務印書館與東方圖書館者，正深諳此理也。而商務印書館鳳凰涅槃浴火重生之艱苦奮鬥，亦未稍懈於斯。

民國語文，也在「轉型」途程中，這些學術著作的文風，大多是一種「尚存文言痕迹的白話文」。今天的青年讀者閱讀起來，也許會有异樣的感覺，但也可謂別具一種風味。而此二十三種著作的作者，絶大多數爲南方人，如浙江、江蘇、湖南、福建等省份，這些著作又大都在上海出版，由此亦可見民國時期文化發展的大情勢。這二十三種著作的二十位作者，當其撰寫著作之時，應該説彼此質素、學養都相差不遠，而其後之發展結局，則有的著作等身成爲大家大師，有的則後勁不足而逐漸湮滅少聞，固然各人機遇運會不同，而個人心志的堅持和努力之有無强弱，無疑是最主要的因素。對今日之學人特別是青年，不也很有啓發意義嗎？

潛入歷史的塵霾中排沙簡金，而選擇出此二十三册著作，並非筆者所爲，因而對此種簡選是否即能代表民國時期文學研究的大體大略，實亦不敢斷言，滄海遺珠或在所難免。而忝膺爲此編叢書作序的重任，惶恐之意，自不待言，管窺蠡測，亂彈胡侃，尚祈盼海内外方家不吝指教。但披閲這些先賢的著述，恰如驀然回首，向幽深的夜，重新點燃支支老紅燭。「紅燭啊！是誰制的蠟——給你軀體？是誰點的火——點着靈魂？」（聞一多紅燭）

點點燭光，明輝熠熠，回顧往昔，瞻望將來，道一聲：願我們的中國，鑒古灼今，發揚傳統精華，吸取五洲營養，漸進改革，持續開放，醒獅昂首，闊步奮行，前程佳美！

二〇一四年四月一日於大連

作者簡介

何天行（一九一三年—一九八六年），字摩什，生於浙江杭州。自幼熟讀古文，背誦詩詞，爲此後進行文化史的研究打下了堅實的基礎。何天行曾任浙江大學人類學系古器物教授等職。一九三五年冬，在良渚踏看遺址時發現了一個橢圓形的黑陶盤，上面刻有十幾個符號，經過與甲骨文、金文中的符號對照分析發現，其中有七個在甲骨文中找到了同形字，又有三個在金文中找到了同形字，因而斷定這些符號爲初期象形文字，得到了學術界的重視和肯定。把這些刻符定性爲文字而非圖畫不是件容易的事情，他需要膽量和學識，何天行先生慧眼識珠，成爲發現良渚黑陶文字的第一人。

自序

楚辭作於漢代考一書，原名楚辭新考，余十年前之舊作也。民國二十年秋，適九一八事變之際，余負笈吳淞中國公學大學部，時於陸君侃如先生名處受中國文學史。余於先秦諸籍作者，頗滋疑竇，而於楚辭一書尤甚，輒思考索而釐訂之。每有所惑，無所折中，則就教於顧先生，先生亦樂予獎誘，乃益裒集諸書稍加攀勘，遇有所見，即爲鈔錄，稿成，欣欣焉求政於顧先生，先生欣然喜，以茲編致足自樹新解，特爲轉介於蔡元培先生。余若得雋而返，復至中央研究院謁蔡先生，蔡先生留稿匝月，深致嘉勉之意，余感媿交併，初固踳步擿埴，至是乃稍稍自信矣！蔡先生復爲作書介於北平顧頡剛先生，適頡剛先生有南來之訊，遂留書未發。後君誼先生將赴平主某大學校務，未成行而遽以疾卒。今蔡先生遺書猶存篋中，而君誼先生逝世已逾十年，及今思之，吾於蔡顧二先生勖勉之忱，猶不勝眷眷焉！

民國二十六年秋，余執教滬瀆，友人衞聚賢先生見此稿，慫恿付梓，余期期未敢言可，堅擬鐍之以俟他日之改定。衞先生固欲代爲刊行，緊意可感，乃合資暫印百本，以與諸友好商榷。書甫成而八一三事起，京滬杭相繼棄守，余隨家避亂浙東，翌年間道來海上；至太平洋戰事爆發，復又去滬；轉輾流徙者，前後數年。三十三年道出建陽，於友人處聞徐中舒先生亦嘗有九歌考證一文，斷九歌爲漢代之作，惜余未得見徐先生原書，惟其說與余不謀而合，意必有可啓發之處。余前書印數本有限，且印成後即喪失無餘，乃復請於中華書局正式刊行，並更名曰楚辭作於漢代考。——余於此數年來，因戰事影響，故園寥落，廬舍蕩然，戰前所藏書籍，亦盡付東流，當此書付印之期，回憶前塵，實不禁感慨系之矣！

今此書內容，十九仍爲原作。昔梁啓超先生嘗謂：「曩昔不認爲史蹟者，今則認之；曩昔認爲史蹟者，今或不認。舉從前棄置散佚之跡，鉤稽而比觀之；其夙所因襲者，則重加鑑別，以估定其價值，如此則史學立於眞的基礎之上，而推論之功，乃不致枉施也。」余於楚辭一書，固亦有此感；尚希世之博雅君子，幸垂教焉！

此書承金兆梓先生指示多處，於此敬致謝忱。

民國三十六年五月三十日廖什何天行自序於西湖文瀾閣

楚辭作於漢代考目次

楚辭作於漢代考

一 緒論 楚辭的意義及起源

「楚辭」（辭或作詞）這個名詞二千年來，一般注家都沒有確切的解釋；其中闡明「楚辭」的意義的，祇有宋人黃伯思說得最好：

「屈宋諸騷，皆書楚語，作楚聲，紀楚地，名楚物，故可謂之楚辭。若「些」「只」「羌」「蹇」「紛」「侘傺」者，楚語也；悲壯頓挫，或韻或否者，楚聲也；沅、湘、江、澧、修門、夏首者，楚地也；「蘭茝」「荃蓀」「蕙若」「芷蘅」者，楚物也」（直齋書錄解題引黃氏翼騷序）

黃氏之說楚辭中包含楚語楚聲，最爲切要。依據此說，可知「楚辭」無疑是以楚語、楚聲所構成的一種文學作品。

我爲什麼要這樣說明呢？因爲：

（一）有人把「楚辭」的產生和「楚辭」的編定成書，常常混而爲一，以爲「楚辭」是成書後的專稱。西漢時是還沒有這種名稱的。其實「楚辭」這個名詞，在班固以前便已成立了。

（二）因「楚辭」一名容易誤解爲專書，不但對於「楚辭」產生的時代混淆不清，而且對於現存的楚辭章句中的篇數和內容，也容易無從區別其眞僞。

由於這兩種原因，我們先要認識「楚辭」的發生，和「楚辭」究竟是什麼東西。

「楚辭」是秦漢時代楚地一帶的詩歌。當西曆紀元前五世紀時，南方的楚人逐漸擴張，開拓了中國南部的疆域，並伸展其勢力於早就由殷人開拓出的長江北部；北方周人的地位，幾乎全被楚人所替代了。至楚人的漢高祖平定中國時，那時不但長江流域全入楚人的版圖，而且一直擴展到黃河流域。這時期裏面所產生的以楚人的語言文字所寫的詩歌辭賦，我們便認爲是「楚辭」的起原。

但照歷來文學史家的意見，都認「楚辭」是戰國時代的作品，是漢代的辭賦之祖，我以爲「楚辭」實是漢代辭賦的總稱，決不是春秋戰國時的作品。近人章太炎國故論衡明詩篇云：

「漢世自賈生惜誓上接楚辭，鵩鳥亦方物卜居，而相如大人賦自遠游流變。枚乘又以大招招魂，散爲七發。其後漢武帝悼李夫人，班婕妤自悼，外及淮南東方朔劉向之倫，未有出屈宋唐景之外者也。」

「屈宋唐景」是否確有其人，以下將作詳細考證；至漢代辭賦的出於楚辭，似早已爲一般人所公認。按史記張湯傳及前漢書朱買臣傳王褒傳載：

「朱買臣以楚辭與嚴助俱幸，侍中爲太中大夫，用事。」（史記張湯傳。又漢書地理志作吳有嚴助朱買臣貴顯，文辭並發，故世傳楚辭。）

「會邑子嚴助貴幸，薦買臣，召見，說春秋，言楚辭，帝甚悅之，拜買臣爲中大夫。」（前漢書朱買臣傳）

「宣帝時，徵能爲楚辭九江被公，召見誦讀，益召高材劉向，褒等待詔金馬門。……太子喜褒所作甘泉賦，令後宮貴人皆誦讀之。」（註一）（前漢書王褒傳）

這裏所謂「楚辭，」其實就是當時的「楚聲。」西漢是楚聲風靡的時期。從秦末項羽作垓下歌，士兵亦好爲「楚聲，」

已開楚聲風靡之先。漢初劉邦還沛時所作大風歌（三侯章）以及一般卿相的模擬之作，「楚調歌詩，」差不多成爲這時期文學的唯一特點。不但漢初的詩歌大都屬於楚聲，便是較後的樂府詩歌也多半屬於「楚聲」——「楚辭」——的範圍。(註二)

當時因代表楚人的政治勢力的擴展，和帝王及貴族的嗜好，策源於江淮流域的楚聲，就隨著流行於黃河流域。試按班固漢書中所稱「楚辭，」就是用當時已有的一種名詞，來指未能確定他是某一篇或某一種的辭賦而言。故漢志中有「言楚辭徵九江被公誦讀，」在王褒傳所載的甘泉賦和洞簫頌亦可令後宮誦讀由此可見楚辭與賦顯然是一物的異名，並不是指著那一部編定的專書。這種在西漢時被「好楚聲」的帝王所「俳優畜之」的辭賦家，也便是漢志所稱「登高能賦，可以爲大夫」的人。因此我敢假定漢書所謂「楚辭」並不是專指離騷或九歌這類作品。我們若不明了「楚辭」一名的意義，班固的話便無從索解了。

至創用「楚辭」爲專書的名稱者，最早似出於劉向。按王逸楚辭章句敍云：

「逮至劉向典校經書分楚辭爲十六卷。」

又按九通分類總纂楚辭十七卷項下引鼂公武郡齋讀書志云：

「後漢校書郞王逸叔師注。……劉向典校經書分爲十六卷。」

陳振孫直齋書錄解題云：

「余按楚辭，劉向所集，王逸所注。」

紀昀四庫提要說得更明確：

「裒屈宋諸賦，定名「楚辭，」自劉向始也。」

可見「楚辭」一名確是劉向所立。而且裒集楚辭亦始於劉向，我們現在所傳的王逸楚辭章句本，則並不全同於劉向的範圍。按章句釋文次序：

離騷第一　九辯第二　九歌第三　天問第四　九章第五　遠游第六　卜居第七

漁父第八　招隱士第九　招魂第十　九懷第十一　七諫第十二　九嘆第十三　哀時命第十四

惜誓第十五　大招第十六　九思第十七

這目次中第十三九嘆是劉向所作，那末十三以下四篇，也明是劉向以後的作品，大約是王逸加上的。王逸在解釋「惜惱愉之修美」幾句時都很詳細，在註解哀郢時卻說：「此皆解於九辯之中。」可見以劉向所列的次序為根據的王逸原本，與通行本顯然各異，而通行本又是經後人竄改的。近人鄭振鐸亦說：

「王逸的章句本雖標明是劉向所定，然班固所說的話「始楚賢臣屈原被讒放流，作離騷諸賦，以自傷悼。後有宋玉唐勒之屬，慕而述之，皆以顯名。漢興，高祖王兄子濞於吳，招致天下娛游子弟。枚乘鄒陽嚴夫子之徒興於文景之際，而淮南王安都壽春，招賓客著書，有嚴助朱買臣貴顯漢朝，故世傳楚辭。」拿來一看，便覺得不大靠得住，因為班氏去劉向之時不遠，且多讀劉氏之書，如果王逸注本的楚辭乃劉向所編的原書，則班氏所述楚辭作家的姓名，不應與現在所傳的王逸本的楚辭的作家不同（如無王褒東方朔之名，而王逸注本卻有之）大約劉向所定的楚辭必曾為王逸所竄亂增訂過，劉向，王褒諸人的作品，大約也與王逸自己所作的九思一樣，是由他加入的。」（引見鍾敬文楚辭中的傳說和神話）

其實班氏之說亦未可信。按漢書藝文志：「春秋之後，周道寖壞，聘問歌詠不行於列國，學詩之士逸在布衣，而賢人失志之賦作矣。大儒孫卿，及楚臣屈原，離讒憂國，皆作賦以風，咸有惻隱古詩之義，」班氏謂辭賦的起原，由於聘問歌詠之事廢，尙爲有見；然說孫卿屈原離讒憂國，皆作賦以風，簡直是荒謬了！試問：孫卿何嘗離讒？離騷的作者亦何嘗出於憂國？實則班固漢書之說，是根據劉向的七略而來。但屈原的傳說應當到西漢時方才萌芽（下文有考證）況且離騷等亦不一定便是離讒憂國的寄託。因此班氏之說照客觀的看起來是不能確立的。至於辭賦的起原，只有劉勰說得最扼要。他說：「秦世不文，頗有雜賦；漢初詞人，順流而作。」（文心雕龍詮賦篇）又云「自風雅寢聲，莫或抽緒，奇文鬱起，其離騷哉！」（辨騷篇）這明說辭賦是漢代的作品，漢以前只有秦代的幾篇雜賦吧了。

至於王逸章句中所收班固二序，大約亦是後人的贗品。這兩篇的文字都與漢書不同，說不定亦是王逸所加入。陸侃如楚詞引論：「今按章句，離騷天問後另有敍文，其餘的序都在前面。」（暨南大學中國文學系期刊創刊號）游國恩先秦文學亦說「宋黃伯思東觀餘論謂王逸注楚辭『序皆在後，例如法言舊本』」則今本章句又必經後人所改，是無疑了！

王逸本來是一個腐儒。史通史官建置篇曾說：

「觀夫周秦已往，史官之取人，其詳不可得而聞也。至於漢魏已降，則可得而言。然多竊虛號，有聲無實。案劉曹二史，皆當代所撰，能成其事者，蓋唯劉珍，蔡邕，王沈，魚豢之徒耳。而舊史載其同作，如王逸，阮籍，亦預其列。且叔師研尋章句，儒生之腐者也！嗣宗沈湎麴蘗，酒徒之狂者也！斯豈能錯綜時事，裁成國典乎？」

王逸章句的錯誤，將楚辭的面目蒙蔽了二千多年。加以漢儒「忠君愛國」之說，在專制政治的時代，又配合一般儒者的心理，於是離讒忠諫之說，遂成為歷來解說楚辭的原則。「因此楚辭的注解雖無慮數十百家，」但是誰也「不能貫

通其文義」（語見廖平楚辭講義）

現在我們試把王逸章句中的錯誤，逐條舉出再加以辨別、證明：

王逸章句敍：「至於孝武帝，恢廓道訓。使淮南王安，作離騷經章句，則大義粲然。後世雄俊，莫不瞻慕。舒肆妙慮，纘述其詞。逮至劉向，典校經書，分爲十六卷。孝章即位，深弘道藝，而班固賈逵，復以所見，改易前疑，各作離騷經章句。其餘十五卷闕而不說，又以壯爲狀，義多乖異，事不要括。」這段話有兩個漏洞：

（一）即如王逸所說，武帝時「使淮南王安作離騷經章句，則大義粲然。」但據前漢書淮南王安傳云「使爲離騷傳，旦受詔日入已上。」未聞作章句。下文又說：「孝章即位，深弘道藝，而班固賈逵，復以所見，改易前疑。」這裏所謂「改易前疑，」究竟所改易的是什麼呢？所見的又是什麼呢？王逸却沒有說明。倘如劉安曾作離騷經章句，既已「大義粲然，」則班固賈逵等何以尚須改易「前疑？」這是第一個可疑之處。我以爲楚辭的面目，所以被漢儒蒙蔽在傳記序文一類的黑幕中，這一段話裏面就含著一個極大的疑問。

（二）又王逸敍云：「班固賈逵，復以所見，改易前疑，各作離騷經章句。」按後漢書班固傳：「年九歲能屬文，誦詩賦；及長，遂博貫載籍九流百家之言，無不窮究，所學無常師，不爲章句，舉大義而已。」又按後漢書賈逵傳亦云：「但舉大義，不爲章句。」本傳中皆明說不爲章句，而漢志及隋書經籍志亦無班固賈逵曾作離騷經章句的記載，故王逸敍中所說，顯然是沒有根據的。

其次，我疑心王逸所謂：「逮至劉向，典校經書，分爲十六卷。」也未見得可靠。一則按照現存的王逸句章本校對，其中一共收十七篇，最後一篇九思是王逸的作品。第十三九歎爲劉向的作品，顯然劉向典校本與十六卷的篇目亦不符。再則鼂公武郡齋讀書志亦云：「命之爲集，蓋其原起於東京。」則楚辭的命名當源起於東漢時。劉向在西漢末已死，因疑楚辭的彙集成書，亦未必出於劉向之手。因此王逸的話顯有不符——但這一層，亦可從另一方面解釋：在劉向的說苑和新序中，都曾提起過「屈原，」似劉向亦有裒集楚辭的可能，也許劉向所集的「楚辭，」至向子歆校書內閣時，加以整理才流傳出來，而且說不定還經過他的改易。

王逸又說：「屈原」履忠被譖，憂悲愁思，獨依詩人之義而作離騷。上以諷諫，下以自慰，遭時暗亂，不見省納。不勝憤懣，遂復作九歌以下凡二十五篇。」推王逸之意，則離騷一篇，原是屈原早年的創作，意在諫上；及諷諫無功，然後復作九歌以下二十五篇。但以此排比次序，亦殊有可疑。卽依王逸的系統而論，將離騷列前，九章列後，那末懷沙之後，不應再思美人；橘頌之前，亦不應先惜往日。總之，王逸章句的顚倒錯亂，不但肆逞臆斷，簡直是將楚辭的本來面目也抹殺了。

楚辭的意義和起原，已說明後，便可進一層去檢討楚辭傳說的發生了。

（註一）傳言「宣帝時，徵能爲楚辭，……太子喜褒所作甘泉賦，」可見甘泉賦亦楚辭。又太平御覽皇親部孝明馬皇后：「誦易經，習詩，論春秋，略記大義；讀楚辭尤善賦頌，疾其浮華。」義同。

（註二）漢書禮樂志「高祖樂楚聲，故房中樂楚聲也。」續文獻通考：「漢樂府諸曲，多楚詞體也。自是雖有五言，去三百篇遠矣。」

二　楚辭傳說的檢討

其次，要說有關「楚辭」的傳說，究竟發生在什麼時期？

從戰國末年到漢代，凡是這時期中的文獻裏面，既沒有關於「楚辭」的傳說，也沒有提到離騷或九歌等篇的記載。（註三）至於招魂九辯以下幾篇，尤都是漢人所作。要到東漢時，發現劉向新序和他所集的「楚辭」，又發現史記屈原列傳，於是傳說中的「楚辭」的作者與作品，方才有了系統的連貫。

現在將前漢時關於楚辭的重要著作，列舉如下；試看牠是否是僞作？

〔一〕賈誼：弔屈原賦。（最早見於史記屈原賈生列傳及前漢書本傳）

惜誓。（最早見於王逸楚辭章句）

按上列兩篇，句語間雷同與模擬之處甚多。例如：

「所貴聖人之神德兮，遠濁世而自藏；
使麒麟可係而羈兮，豈云異夫牛羊？」（弔屈賦與惜誓中同有此四句）

「獨不見夫鸞鳳之高翔兮，乃集大皇之野；
循四極而回周兮，見盛德而後下。」（惜誓）

「鳳凰翔於千仞兮，覽德輝而下之；
見細德之險徵兮，遙增翮而去之。」（弔屈賦）

「神龍失水而陸居兮，爲螻蟻之所裁。」（惜誓）

「横江潭之鱣鯨兮，固將制於螻蟻。」（弔屈賦）

「鳳縹縹其高逝兮，」（弔屈賦）

「獨不見夫鸞鳳之高翔兮？」（惜誓）

兩篇中既有全同或雷同的地方，而且又都用「已矣哉！」——「誶語」收尾，則其中必有一篇是蹈襲的擬作無疑。

先說惜誓。

王逸序楚辭章句時，對於惜誓的作者不確定是誰。祇說：「或曰賈誼，」但又說：「疑不能明。」今按惜誓首句：

「惜余年老而日衰兮！歲忽忽而不返！」

我們看這兩句，作者決不像是早死的賈誼。倘如是賈誼作的，他不到三十二歲便死了，必不會說「惜余年老而日衰」的話。再則，「惜誓」一名以及通篇的文意，與所謂「屈原」的事迹亦毫不相關。（註四）這篇或許是西漢末年人的僞託，決不是賈誼作的。

惜誓既非賈誼所作，那末弔屈賦是不是賈誼的作品呢？現在我們斷定牠也不是賈誼作的，理由有三：

(1)弔屈原賦最早見於史記屈原賈生列傳。屈傳的眞僞既有疑問（詳後）這篇的傳說作期也就難以置信了！據釋文：劉向所集楚辭的範圍，和王逸楚辭章句，既收惜誓及散文體的卜居漁父天問等篇，何以楚辭體的弔屈原賦反而沒有？若西漢時已有弔屈賦，王逸必不致於遺漏。

(2)按弔屈賦首段云：「仄聞屈原兮，自湛汨羅。造託湘流兮，敬弔先生。」及「序說」云：「屈原楚賢臣也。被讒放逐，作離騷賦。」但依據離騷本文可證明了作者並非被讒放逐，」亦未投水而死。（詳後）「屈原」投水而死的傳說，在武帝時還沒有發生；最早說「屈原」投水的亦當出於宣帝時劉向之口。（見新序說苑和九嘆。）因此我們推斷弔屈賦產生的時代，必不在西漢時代。一則，弔屈賦與惜誓如同出一人，當不致重復雷同如此；二則，弔屈原如確爲賈誼的作品，則王逸於輯集楚辭時，當不致「疑不能明，」或即收入他的「楚辭。」至於史記中有這篇文字，大約是後人因襲惜誓的原文，和「屈原」傳說糅合的結果。

(3)按史記秦始皇本紀及陳涉世家，都採取賈誼過秦論原文；過秦論見於賈誼新書首篇，而新書中並不見「屈原」故事，但於懷王入秦一則却敍述特詳。這豈不是東漢以前尙無「屈原」傳說的明證嗎？賈誼的弔屈原賦，必定是跟著史記屈原列傳同時發現的。（註五）

〔二〕淮南小山　招隱士

按王逸章句云：「招隱士者，淮南小山之作也。」又云：「小山之徒，閔傷屈原，雖身沈沒，名德顯聞，與隱處山澤無異。故作招隱士之賦以彰其志。」這幾句話原很牽強，卽依王逸此說，「雖身沈沒名德顯聞」和「隱處山林」也不能拉在一起。況招隱士末句云「王孫兮歸來，山中兮不可以久留！」豈是對已死者所說的。其實招隱士的作者，或者便是「爲招募方伎怪迂之人，述神仙黃白之事」（風俗通說淮南王劉安事）的方士之流，本來與「屈原」沒有關係。經過劉向王逸的附會以後，招隱士才也變爲招「屈原」的作品了。

〔三〕東方朔　七諫

王逸楚辭章句：「七諫者，東方朔之所作也。」按前漢書東方朔傳：

「朔之文辭，此二篇最善，（按指答客難及非有先生論；非七諫）其餘有封泰山，責和氏璧，及皇太子生禖屏風殿上柏柱平樂觀獵賦，八言七言上下，從公孫弘借車，凡劉向所錄朔書，具是矣。世所傳他事，皆非也。」（晉灼注云：「八言七言詩，各有上下篇。」按上下文，八言、七言，恐卽指獵賦所作。王先謙補注云：「沈欽韓，楚辭章句有東方朔七諫，疑卽八言七言，不然，不應遺於劉向也。」按七諫內容與體制，均與七言八言詩不同。）

漢書說明劉向所錄朔書只有以上幾篇，此外都不是他的。但這幾篇之中，却無七諫篇名，漢書藝文志亦不見東方朔賦；可能七諫一篇乃出於東漢人僞託，亦未可知。總之，七諫必非東方朔的原作無疑。（釋文中列七諫爲十二，必爲後人所竄。沈欽韓漢書疏證以爲七諫卽傳中所載：「八言七言，」但本傳凡朔作皆標明篇目，何以對於七諫一篇獨說七言八言。況七諫中不盡七言八言之句，故沈說未能確立。或有以爲七諫中有「悲楚人之和氏兮，獻寶玉以爲石」兩句，卽本傳所云責和氏璧一文，但按七諫內容，與此題不合，漢書中亦未有七諫之名。）

〔四〕王褒：　九懷

王逸楚辭章句：「九懷者，諫議大夫王褒之作也。」按前漢書王褒傳：

「宣帝時……徵能爲楚辭。九江被公召見誦讀。益召高材，劉向，張子僑，華龍柳，褒等待詔金馬門。」

又按前漢書劉向傳亦云：

「與王褒，張子僑等並進對，獻賦頌凡數十篇。」

王褒的時代適和劉向同時。據漢書藝文志載，王褒有賦十六篇；而九懷則最初見於劉向所集。（列楚辭第十一）那時「屈原」的傳說剛才萌芽，除掉劉向的新序和說苑以外，這兩篇（卽九嘆與九懷，）都有「屈原」沈淵的話。劉向的

「楚辭」範圍到九懷爲止合自作九歎一共十三篇。（但漢書東方朔傳無七諫篇名，似乎劉向時尚無十三篇的數目。）至於哀時命惜誓大招九思四篇，前此未有，則都出於王逸的章句。惜誓是僞作，上面已經說過；大招近人也斷定它是漢人的作品。九思是王逸自作，可以不論。只有哀時命一篇，因內容有不少覆沓與矛盾的地方，被後人雜湊的痕迹十分明顯。其可靠程度，最多只能與惜誓七諫大招相等而已。

〔五〕史記屈原列傳

這篇是關於「屈原」傳說最重要的資料。胡適讀楚辭云：

「史記不很可靠，而屈原列傳尤其不可靠。傳末有云「及孝文崩，孝武皇帝立，舉賈生子孫二人至郡守，而賈嘉最好學，世其家，與余通書至孝昭時，列位九卿。」司馬遷何能知孝昭的謚法？一可疑。孝文之後爲景帝，如何說及孝文崩，孝武皇帝立？二可疑。」（見胡適文存第二集）

他又指出史記屈原列傳前後矛盾及不通數處，都有充分的理由。至於本傳中涉及孝昭謚法，在史記考證後，有凌稚隆按語云：

「司馬遷卒於漢武末，此言賈嘉至孝昭時，此語蓋後人所增。」

本傳既言孝昭，作者當在孝昭以後。崔適史記探源：「太史公所作，自當至於麟止之年。」（卽武帝元狩元年，並有證成其說者八證。）舊說或以爲孝昭一節是褚先生所補，實則不然。劉知幾史通正史篇「史記所書年止漢武，太初以後，缺而不錄。其後劉向向子歆……等（十六人）相繼撰續，迄於哀平間，猶名史記。」梁玉繩史記志疑錢大昕序：「自少孫補綴，正文漸淆，厥後元后之詔，揚雄班固之語，代有竄入，或又易今上爲孝武，彌失本眞。」史記中既有不少後人相繼撰續的成分，則屈原列傳明說孝昭，顯然有後人撰續的可能了。倘說是增補的，那末增補者當不會不知太史公卒於什麼年代，而屈傳中何以對已死的作者（太史公）還說：「而賈嘉最好學，與余通書。至孝昭時列為九卿。」的話呢？且這一段的內容也並無「增補」的必要。從這二點我們就不能相信屈傳中這一段是後人所增補的續作了。其次，按本傳內容，全篇相牴牾之處正多。這不像是「補筆」的錯誤，當是偽造屈傳者一時趁筆之誤。關於這種事實，據崔適史記探原說：

「史記之文，有與全書乖；與此合者，亦歆所續也。至若年代縣隔，章句割裂，當是後世妄人所增，與鈔寫所脫。其幸免乎此，又有誤衍，誤倒，誤改，誤併諸弊。要不若竄亂之禍為劇烈。」

崔氏所謂「與此合者，」是只指合於劉歆者而言。故崔氏又云：「劉歆之續史記，非不足於太史公也。」這是說，不過以續作的手段，達到偽託的目的而已。（雖則我們不能肯定屈傳必為劉歆所偽作，但是劉歆却最有偽託的可能和嫌疑。）（註六）

其次，我們還有理由，證明屈原列傳，必非太史公所作：

(1)史記屈傳所載楚懷王時事，與楚世家有不合處。（註七）按史記探原：「史記之文，有與全書乖，與此合者，亦劉歆所續。」這是說的最明顯的。且屈傳所說「屈原，」既有那種地位和功業，為什麼史記楚世家中竟不提到「屈原？」

(2)按金王若虛滹南遺老集卷三十七：「史記屈原列傳，王使平為令，……每一令出，平伐其功，曰以為非我莫能為也。王怒而疏屈平。『曰』字與『以為』二字意重復。」此其一證。史記用字極嚴，必不致把兩者的對話，混而為一，互相矛盾。

(3)按梁玉繩史記志疑云：

「古史曰：太史公言離騷作於懷王之時也。原始見疏而作。案：離騷之文，斥刺子蘭，宜在懷王末年，頃襄王世。按「雖放流」至「豈足福哉？」似宜在頃襄王怒而遷之後。讀史漫錄曰：論懷王事，引易斷之曰「王之不明，豈足福哉，」即繼之曰令尹子蘭聞之大怒，何文義不相蒙如此？世之好奇者，求其故而不得，則以爲文章之妙，變化不測，何其迂乎？」

這一層也是值得注意的。離騷的作期，舊說各有不同，但是誰也沒有確鑿的證據。（註八）讀史漫錄中所說一段，恰好道破屈傳的矛盾處。

(4)按劉知幾史通採撰篇云：

「馬遷史記採世本，國語，戰國策，楚漢春秋。至班固漢書，則全同太史，自太初已後，又雜引劉氏新序，說苑，七略之辭；」

劉氏此說，極爲精確。今按屈原列傳自「屈平既絀」以下，其後秦欲伐齊，「復釋去張儀」一大段，完全採取戰國策秦策與楚策的原文，而且詞句上有不少還一字不改的。但戰國策所載秦楚的交涉，還要詳細得多。現試列一表對照如下：

（戰國策）	（史記屈原列傳）
（秦策） 其後秦欲伐齊，齊楚交善，惠王患之，謂張儀曰：「吾欲伐齊，齊楚方懽，子爲寡人慮之奈何。」	其後秦欲伐齊，齊與楚從親，惠王患之，乃令張儀佯去秦，厚幣委質事楚。
張儀曰：「王其爲臣約車并幣，臣請試之！」	
張儀南見楚王曰：「弊邑之王所甚說者無大大王，唯儀之所甚願爲臣者亦無大大王；弊邑之王所甚憎者亦無先齊王，唯儀之所甚憎者亦無大齊王；今齊王之罪其於敝邑之王甚厚，敝	曰：「秦甚憎齊，齊與楚從親，楚誠能絕齊，秦願獻商於之地六百里。」

邑欲伐之而大國與之懽，是以敝邑之王不得事令，而儀不得爲臣也。大王苟能閉關絕齊，臣請使秦王獻商於之地六百里，若此，齊必弱，齊弱則必爲王役矣；則是北弱齊，西德於秦，而私商於之地以爲利也，則此一計而三利俱至。」

楚王大悅，宣言之於朝廷曰：「不穀得商於之地方六百里，」羣臣聞見者畢賀，陳軫後見，獨不賀。楚王曰：「不穀不煩一兵，不傷一人，而得商於之地六百里，寡人自以爲智矣，諸士大夫皆賀，子獨不賀，何也？」陳軫對曰：「臣見商於之地不可得，而患必至也，故不敢妄賀。」王曰：「何也？」對曰：「夫秦所以重王者，以王有齊也。今地未可得而齊先絕，是楚孤也，秦又何重孤國。且先出地絕齊，秦計必弗爲也。先絕齊後責地，且必受欺於張儀，受欺於張儀，王必惋之，是西生秦患，北絕齊交，則兩國兵必至矣。」楚王不聽，曰：「吾事善矣，子其弭口無言，以待吾事！」楚王使人絕齊；使者未來，又重絕之。

張儀反秦，使人使齊，齊秦之交陰合。楚因使一將軍受地於秦。張儀至，稱病不朝。楚王曰：「張子以寡人不絕齊乎！」乃使勇

楚懷王貪而信張儀，遂絕齊。

使使如秦受地，

士往嘗齊王。張儀知楚絕齊也，乃出見使者曰：「從某至某，廣從六里，」使者曰：「臣聞六百里，不聞六里。」儀曰：「儀固以小人，安得六百里！」使者反報楚王。楚王大怒，欲興師伐秦。陳軫曰：「……」楚王不聽，遂舉兵伐秦，秦與齊合，韓氏從之，楚兵大敗於杜陵。」

（楚策）

楚嘗與秦構難戰於漢中，楚人不勝，通侯執珪死者七十餘人，遂亡漢中。楚王大怒，興師襲秦，戰於藍田，又卻，此所謂兩虎相搏者也。夫秦楚相弊，而韓魏以全制其後，計無過於此矣。（按此節爲張儀爲秦破從連橫，說楚王語。）

楚懷王拘張儀，將欲殺之，靳尚爲儀謂楚王曰：「拘張儀，秦王必怒，天下見楚之無秦也，楚必輕矣。」又請王之幸夫人鄭褏曰：「子亦自知且賤於王乎？」鄭褏曰：「何也？」尚曰：「張儀者，秦王之忠信有功臣也。今楚拘之，秦王欲出之。秦王有愛女而美，又簡擇宮中佳麗好翫習音者以懽從之，資之金玉寶器，奉以上庸六縣爲湯沐邑，欲因張儀內之楚王，楚王必愛秦女，秦女依強秦以爲重，挾寶地以爲資，勢爲王妻以臨于楚，王惑於虞樂，必厚尊

張儀詐之曰：「儀與王約六里，不聞六百里。」楚使怒去，歸告懷王，懷王怒，大興師伐秦，秦發兵擊之，大破楚師於丹淅，斬首八萬，虜楚將屈匄。

遂取楚之漢中地。懷王乃悉發國中兵，以深入擊秦，戰於藍田。

魏聞之，（魏，一說當作韓）襲楚至鄧，楚兵懼，自秦歸，而齊竟怒不救楚，楚大困。

明年，秦割漢中地與楚以和。楚王曰：「不願得地，願得張儀而甘心焉。」張儀聞，乃曰：「以一儀而當漢中地，臣請往如楚。」如楚，又因厚幣用事者臣靳尚，而設詭辯於懷王之寵姬鄭袖。懷王竟聽鄭袖，復釋去張儀。

敬親愛之而忘子，子益賤而日疏矣。」鄭袖曰：「願委之於公，爲之柰何？」曰：「子何不急言王出張子。張子得出，德子無已時，秦女必不來，而秦必重子。子內擅楚之貴，外結秦之交，畜張子以爲用，子之子孫，必爲楚太子矣，此非布衣之利也。」鄭袖遽說楚王出張子。

由此足見戰國策記載秦楚的交涉雖則詳密，却沒有提起「屈原。」他說到張儀，說到楚王，說到陳軫，說到靳尙，更說到懷王的寵姬鄭袖，但是明明沒有說到「屈原！」史記屈原列傳中除掉關於「屈原」個人的傳說以外，所涉及當時的歷史背景只有這一段最重要。而這一段的文字，我們却不能不承認牠是抄戰國策的原文的。劉知幾稱太初以前史記採世本，國語，戰國策，與楚漢春秋各書，但在世本，國語，戰國策以及楚漢春秋等書之間，也沒有「屈原」的影子！（世本、及楚漢春秋，據十種古逸叢書本）屈原的傳說至太初以後，與劉向新序，說苑，劉歆七略等同時出現，在西漢以前既無「屈原」之說，那末史記屈原列傳，當然不是太史公的手筆了。

(5) 按近人胡適讀楚辭云：

「『秦虎狼之國不可信』二句，依楚世家是昭睢諫的話。『何不殺張儀』一段，張儀傳無此語，亦無『懷王悔，追張儀』等事，三大可疑。」

又按戰國策楚策云：「蘇秦說楚威王曰：『夫秦，虎狼之國也。』……楚王曰：『……秦虎狼之國，不可親也。』」則秦虎狼之國一句，明是蘇秦對楚王所說。與屈傳不合。從兩者比較，自然以戰國策所載爲可信，屈傳中有此語，大約是造僞者雜湊的。」

(6)其次，按屈傳末段云：

「太史公曰：余讀離騷天問招魂哀郢，悲其志。適長沙，觀屈原所自沈淵，未嘗不垂涕，想見其爲人。」

按天問與「屈原」傳說無關，它的作期大約在秦末大革命時期（詳後）招魂亦非秦以前的作品（詳後）若說屈傳僅被後人所增竄，則「增補」處當不能有如此之多（參看梁玉繩史記志疑及周尙木史記識誤）而全文錯誤失實的地方亦不能以「增補」一層所能解釋的。

綜上述五點來看，但舉其主要的幾點，已足證屈傳的僞託了！

因此，我們斷定史記屈原列傳決不是太史公的作品。

(六)劉向新序，說苑及九歎。——劉向新序中關於「屈原」的記載，是東漢時「屈原」傳說的一種重要材料。我們如欲推求「屈傳」產生的起原，亦可從這裏面得到線索。新序中關於「屈原」的傳說，大都與史記屈傳的傳說相符；便是文字全同的句子也有三四十處之多；史記屈原列傳既不是太史公的作品，必是雜引戰國策和新序等的產物無疑（九歎中包括「屈原」傳說的事蹟極多，但大半同於新序；故不錄。）

據上所述可知「屈原」傳說以及西漢時凡有關於「屈原」傳說的楚辭體的作品，大都是在劉向裒集楚辭時才發生的。因此發生「屈原」傳說的時期，應以劉向新序等與史記屈傳發見的時代爲標準。這樣才能確切的認識「屈原」傳說的起源。

(註三)紀昀四庫全書總目提要卷一百四十八「集部之目，楚辭最古，別集次之，總集次之，詩文評又晚出，詞曲則其閏餘也。古人不以文章名，故秦以前書，無稱屈原宋玉工賦者。洎乎漢代，始有詞人迹其著作，率由追錄。」其實「楚辭」的傳說本來是起於漢代的。

（註四）參見游國恩楚辭概論論惜誓一節。

（註五）賈誼鵩賦，西漢年紀引史記考異疑其與荀紀事跡不符。而弔屈原賦，或亦是後人所僞作者。

（註六）按隋書經籍志：「至於孝成，祕藏之書頗有亡散。……光祿大夫劉向校經傳諸子詩賦，……每一書就，向輒撰爲一錄，……向卒後，哀帝使其子歆嗣父之業。」

（註七）參看胡適文存第二集讀楚辭

（註八）歷代楚辭注者對於離騷作期，自洪朱而下，各說不同。如蔣驥山帶閣注楚辭，鄭本禮楚詞精義，林雲銘楚辭燈，均各執一詞，互有先後。近人如陸侃如游國恩等亦均有辯論。

三　傳說與史實之對演發展

以上，略述傳說的發生，現在要說傳說與史實的對演發展。離騷的作者，除傳說的屈原以外，却有一種正確的史實。這一種史實是一直被埋沒在傳說的背後的。何以正確的史實反而被掩沒在傳說的背後呢？

今傳楚辭章句中自離騷等序文以下以及自西漢賈誼至王褒劉向諸人的作品記事，都是歷來關於傳說中「屈原」事蹟所憑藉的資料。同時「屈原」「宋玉」一類人物的發生，亦於這時構成一傳說的系統。但是因爲這個系統並不建築在離騷九歌天問九辯大招招魂遠游等篇（以上各篇是楚辭中的主要部分）的本質上面，却整個出於漢儒的虛構。所以凡是由這個系統所產生的注解序文，便成爲二千來蒙蔽「楚辭」（指主要各篇）眞相的原因，便是「未能貫通其意義」的阻力！

試按王逸楚辭章句裏所有的作品，不論作品的本身與所謂「屈原」的傳說是否切合，無不替它加上那些鬼話：

「履忠貞而被讒邪，」

「上陳事神之敬，下見己之寃結。」

「思君念國，憂心罔極。」

「然猶懷念楚國，思慕故舊，忠信之篤，仁義之厚也。」

或者是

「哀屈原受性忠貞，不遭明君，而遇暗世，斐然作辭，歎而述之。」

「讀賢以輔志，騁詞以耀德。」

「追閔屈原，以述其志。」

凡此等等，都足以見得漢儒如王逸等的目的彷彿並不在為這些作品編集保存，不過想寫成一部有人物，有文字，而且還有事蹟的君臣教科書而已！

然而在另一方面却有一件因為「屈原」等傳說發展的結果而被掩沒了的史實；這一被掩沒的史實，正因作者是一位傳統政治的叛徒，受儒家政治思想與傳統政權的抵觸，乃逐漸由歪曲而失去原有的地位，成為一項僅存的史料。這便是離騷的作者，實為西漢淮南王劉安。

按：

荀悅前漢紀孝武皇帝紀：「〔元狩元年〕十一月，淮南王安，衡山王賜，謀反，誅之——安好讀書，招致賓客方術之士數千人。作內書二十一篇，外書甚衆。又有中書八卷，言神仙黃白之事。上以安屬諸父，甚尊重之。初安朝，上使作離騷賦。且受詔，食時畢上。」

太平御覽一百五十〔皇親部〕引：「初安入朝，獻所作內篇。新出，上愛祕之。使為離騷賦。且受詔，食時上。」

高誘淮南子敘目：「淮南王名安，厲王長子也。……初安為辨達，善屬文；皇帝為從父，數上書，召見，孝文皇帝甚重之。詔使為離騷賦。自旦受詔，日早食已上。愛祕之。天下方術之士多往歸焉。」（前漢書淮南王劉安傳：「初安入朝，獻所作內篇，新出，上愛祕之；使為離騷傳。且受詔，日食時上。」）

據這兩項記載，可知離騷的作者明明是淮南王劉安！但歷來都將這一項史實抹煞，而且誰也沒有注意到這一位作者的。荀悅是漢獻帝時人。獻帝因班固的漢書太繁，命荀悅仿左傳紀年體，舉要撮總，成為漢紀三十卷。荀悅的本意不僅為節略漢書，便於檢讀，而且對於漢書也有些補充，精審處其價值遠在漢書之上。（劉知幾史通批評漢紀說：「歷代寶之，有逾本傳；」）荀悅漢紀中既明說離騷賦的作者是淮南王劉安，高誘亦明說劉安是離騷賦的作者。這是無可否認的事實。（高誘淮南敍目所載，較漢書此節爲可信；且高誘所註各書都很精審，高註所說當是事實。）漢書劉安傳作「使爲騷離傳，」傳字疑爲字誤。王念孫讀書雜志中對於這一句話曾加以辯證，他說：

「傳當爲傅，傅與賦古字通。……使爲離騷傳者，使約其大旨而爲之賦也。安辨博善爲文辭，故使作離騷賦。……若謂使解釋離騷，若毛詩傳，則安才雖敏，豈能旦受詔而日食成書乎？」

王氏以爲「傳」字當爲「傅」字之誤，極爲有見。至說「使爲騷離傳者，使約其大旨而爲之賦也。」這却是臆說了。按班固漢書中用假借字極多，大約漢書劉安傳原本作「傅」字，荀悅前漢紀據實作「賦」。（荀悅於漢紀自序中曾說：「省約易習，無妨本書。」）到唐代顏師古註漢書時，「傅」字已誤作「傳」字，（顏師古注「傳，謂解說之，若毛詩傳；」非。）如沒有荀悅漢紀與高誘敍目保留著這個實證，漢書中的「傳」字，就容易曲解了！

又若劉知幾說：「離騷爲自序之祖。」（朱可亭王遜直楚辭評註亦云：「離騷……先敍家世，遂爲千古紀傳之祖；」離騷之又稱「離騷賦，」猶之木蘭詩亦稱木蘭詞或木蘭辭。）離騷作者所賦含有自序性質，亦爲事實。又按漢書劉安傳所說：「旦受詔日食已上，」（荀悅漢紀高註均同。）和離騷的內容，體裁，以及文字的長短，都是完全相合的！

根據上述無論從那一面去看，都可證明淮南王劉安是離騷的作者。

王逸時，班固的漢書已流行，（漢書藝文志係根據劉向劉歆七略作成，並舉屈宋諸賦，故於漢書中卽已包含傳說與史實的兩種系統。）因此他一面道：「孝章卽位，深弘道藝，而班固賈逵復以所見改易前疑。」這裏所謂改疑，王逸沒有說明原委；一面便又歪曲史實，却說：「孝武恢廓道訓，使淮南王安作離騷經章句。」於是正確的史實，便反而被掩埋在傳說的背後。

史實既被掩埋了，傳說自然便容易得人的信任，何況這以儒家思想爲骨幹的傳說，在專制政治的環境下，又分外投合一般人的口味呢！就因爲這個原故，此後一般的儒者，都以爲離騷並非淮南王所作。南北朝時代，梁代的文史學家劉勰，他對於離騷的作者，便已疑難莫辨。他一邊說：「昔漢武愛騷，而淮南作傳，」（文心雕龍辨騷篇）然又讚曰：「不有屈原，豈見離騷？」（仝上）同時却又承認：「淮南崇朝而賦騷，枚皐應詔而成賦。」（同上神思篇）究竟離騷是「屈原」所賦抑淮南王所賦？他那時已經有點不甚了然。到唐宋以後，傳說便奪史實的地位，被一般誤認爲事實了。〔唐昭宗天祐元年封「屈原」爲昭靈侯，（見舊唐書哀帝紀）宋元豐六年，改封爲忠潔侯，（見宋史神宗紀）後又封清烈公。（宋史禮志）元延祐五年加封忠節清烈公（元史仁宗紀）足見傳說中以忠貞的性格虛構的「屈原，」在二千年來的專制政治之下，被帝王所尊重的一斑。〕

因此，「此書解者無慮數十百家，無一家能通全篇文義者。」（廖平楚辭講義）便是漢儒的序文和僞作在作祟的原因。作者原非「屈平，」而歷來的注解，又大都引伸傳說，故注者雖多，作品的本身則終不可解。二千年來，很少有人超脫漢儒序注的範圍，去看這些作品的本身的。（註九）

宋司馬光作資治通鑑，不載「屈原」的傳說。宋人邵氏見聞後錄云：

「司馬文正公修通鑑時，謂其屬范純父曰：諸史中有詩賦等，若止爲文章，便可删去。蓋公之意欲士立於天下後世者，不在空言耳。如屈原以忠廢，至沈汨羅以死，所著離騷，漢淮南王太史公皆謂其可與日月爭光，豈空言哉？通鑑並屈原事盡删去之，春秋褒毫髮之善，通鑑掩日月之光，何耶？公當有深識，求於考異中無之。」

邵氏之說，雖信有「屈原，」但他懷疑通鑑中刪去「屈原」的故事，不無灼見。通鑑考異既沒有說明刪去「屈原」的原因，而資治通鑑編輯的目的，是爲帝王階級作一治亂的借鏡，似乎以「屈原」的人格與忠貞，不應在刪棄之列。即使刪去離騷，似不應不提到「屈原。」通鑑中既沒有提到「屈原，」大約對於「屈原」傳說亦有所懷疑，這自不能不算是「深識」了。（自漢劉歆之後，如王充論衡，揚雄法言等都提起「屈原。」康有爲新學僞經考舉劉歆以下王充，揚雄，王符，仲長統一系，都曾受歆學「生古學大盛之後，沾染風氣，理固宜然。」……因此王充等的著作裏面都提起「屈原。」大約便是受了劉歆的影響。）

然則劉向何以會將離騷賦的作者劉安變爲「屈原」呢？這從劉向一生的事蹟裏面，可以看出幾個作僞發動的原因：

(1)劉向對於淮南王的憎惡：

荀悅前漢紀孝宣紀「德治淮南獄，盡得淮南祕書。德小子向字子政，幼而誦習之，以爲奇。奏言黃金可成，上令向典上方鑄作事，費金甚多，不驗，向坐僞鑄黃金下獄，當死……上亦奇向有才，得減死論。」（漢書劉向傳同。）

張華博物志「劉德治淮南獄，得枕中鴻寶苑祕書，及子向，咸共奇之，信黃白之術可成，謂神仙之道可致，卒亦無效，乃以罹罪也。」

劉向誤信淮南王（劉安）的黃白之術，差一點爲這事情而死，對於淮南王自然不無顧忌，尤其是劉歆對他多所指摘。漢書河間獻王傳說：

「河間獻王德，以孝景前二年立，修學好古，實事求是，從民得善書，必爲好寫與之，留其眞，加金帛賜以招之，繇是四方道術之人，不遠千里，或有先祖舊書，多奉以奏獻王者，故得書多與漢朝等。是時淮南王安，亦好書，所招致率多浮辯。獻王所得書，皆古文先秦舊書：周官，尚書，禮，禮記，孟子，老子之屬，皆經傳說記，七十子之徒所論。」

劉歆是漢代古文家作僞的中心人物，由他手裏以及由他主動僞造的古書，不下數十百種。據康有爲考證說，這一篇河間獻王列傳亦是劉歆所僞作的。傳言河間獻王得周官及尚書，周官是古文家的僞經；尚書中凡古文諸篇，亦劉歆所僞。但西漢時淮南王也收了不少舊書，大約很少僞作。漢書河間王傳中，對於淮南劉安亦表示猜忌，並說淮南王書「率多浮辯。」其實現傳的淮南子全書內容還質實可信，似不能以「浮辯」目之，更不能說「率多浮辯」了！漢書河間王傳，據康有爲考證是劉歆的僞作，(註十)同時劉向的幾種遺著也經過他的改竄；(註十一)因此我們疑心史記屈原列傳，即使不是劉向僞作，說不定就是劉歆的手筆。

劉歆既改竄史記漢書，又曾改竄劉向的遺作，同樣也會僞造屈傳一類的作品。

(2)按劉向一生事蹟，屢次「諫忠被讒，」與傳說中「屈原」的處境相同。劉向是漢朝的宗室，猶之傳說中的「屈原」是楚國的宗室。成帝時，外戚王氏專政，向以爲必危劉氏。屢上書切諫，成帝雖知其忠誠，然迭爲妄臣所讒，卒不能用。這大約是劉向一生所最痛恨的。據漢書所載這種相仿的事蹟，大略如下：

「宣帝時向拜爲郎中，遷散騎諫大夫。（此時與「屈原」爲楚懷王左徒時相似。）元帝時，更生（劉向本名更生）與蕭望之周堪等「患苦外戚許史在位放縱，議欲罷之，遂爲許史等所譖愬，更生等下獄免官。（此時與「懷王使屈原造憲令」至於「怒而疏屈平。」一節相似）

其年，上復詔徵更生等，更生使其外親上變事，請退弘恭石顯等，以章蔽善之罪，恭顯疑爲更生所爲，遂逮於獄。是時周堪及張猛大見信用，更生幾已得復進，乃上書直諫，而爲恭顯等所怨忌。及堪死，顯誣譖猛，更生傷之，乃著疾讒，摘要，救危，及世頌凡八篇，依興古事，悼已及同類也。遂廢十餘年。（此時與「原」自「屈平疾王聽之不聰也，讒諂之蔽明也，邪曲之害公也，方正之不容也，故憂愁幽思而作離騷。……上稱帝嚳，下道齊桓，中述湯武，以刺世事。……而其指極大，舉類邇而見義遠。」至「屈平既絀」一節相似。）

其後成帝即位，顯等伏辜。更生乃復進用，更名爲向。是時外戚專權，向復上書直諫。書奏，上甚感其言，而不能從其計。（此段與「屈原」「屈平既絀。其後秦欲伐齊，齊與楚從親，」至「是時屈平既疏，不復在位，使於齊，顧反諫懷王曰」一節相似。）

「向每召見，數直言。自見得信於上，故常顯訟宗室，譏刺王氏，及在位大臣；其言多痛切，發於至誠。上數欲用向爲九卿，輒不爲王氏居位者及丞相御史所持，故終不遷。居列大夫官，前後三十餘年。……卒後十三歲而王氏代漢。……」（此段與「屈原」傳大體相似。尤其劉向傳的末尾「卒後十三歲，而王氏代漢，」與屈原傳的末尾「其後楚日以削，數十年，竟爲秦所滅。……」一段完全相彷。）

我們將劉向的事蹟和屈傳一比較，覺得劉向的一生，大致和「屈原」的遭遇相同。我們讀了屈傳，對照劉向的遭際，似有同感。成帝時，劉向校書天祿閣，當時所藏的一切文獻，他全有編改的權，而且當時書籍的傳佈，又只限於士大夫與貴族之間，劉向既有滿腔無處發揮的鬱抑牢騷，又適當典校經書的機會；借理想的忠臣「屈原」作爲「讚賢以輔志」（王逸楚辭章句中語）的寄託，在漢儒是一件極可能的事。

但劉向本傳末尾云：「卒後十三歲而王氏代漢。……」這一節雖則與屈傳的末尾完全相似；然而劉向集楚辭時，當不能預料死後的變遷。或許史記屈傳，也有劉歆改編的可能。再如鹽鐵論說：

「臣罪莫重於弒君。子罪莫重於弒父。日者淮南，衡山，修文學，招方游士……然卒於背義叛逆，誅及宗族。」

此外如王充論衡張華博物志揚子雲法言等等，都對於淮南王表示不滿。尤其在劉向王逸一輩衛道的儒者眼裏，劉安「傷君危國」敢於公然變亂，當尤甚於王氏之竊統。自然更覺得看不入眼。因此離騷賦即使是淮南王所作，在漢儒的眼裏，情願承認它是「屈原」的作品了！

又按漢書劉向傳：

「向睹俗奢淫，踰禮制，故採取詩書所載賢妃貞婦，興國顯家可法則，及孽嬖亂亡者，序次爲列女傳凡八篇，以戒天子；及采傳記行事，著新序說苑凡五十篇奏之。數上疏言得失，陳法戒。書數十上，以助觀覽，補遺缺。」

劉向說苑中載「屈原」事蹟甚詳，上面已經說過。史記的屈原列傳是從這裏引伸的產物。太史公作史記時，還沒有「屈原」的故事；而史記中的這篇列傳大都採取說苑的記載。故屈傳的作者即使不是劉向，當是劉歆無疑。劉歆「乘父向既沒，獨任校書，無人知祕府之籍，而得借祕書而行其僞」（註十二）他不但僞竄古書，就是劉向的著作，都有經過他的改竄的。至於史記中的僞竄部分，更其是明顯了！（註十三）

此外，從離騷裏面更可得到不少確鑿的證據，推斷屈傳必定是劉向或劉歆所僞竄的；也許離騷亦經過劉歆的修改。

按康有爲新學僞經考卷二說：

「夏本紀無夏中亡，而少康中興事。此何事也，而史公於述本紀若不知，而於吳世家乃敍之耶？」其謬不待言；然此事亦非全無來歷，離騷『夏康娛以自縱，……留有虞之二姚。』蓋戰國多雜說，史遷所謂言不雅馴者，歆入之於左傳，并竄之於史記耳。夏本紀稱禹後有斟尋氏，亦所自出也，但恐歆校詩賦，并離騷亦歆所竄入；不然，何此一事敍至十二句邪？」

又同書卷三：

「今以史記，劉向新序，說苑，列女傳所述春秋時事較之；如少昊嗣黃帝之妻，后羿寒浞篡統，少康中興之誣，……是皆歆誣古悖父，竄易國語而證成其說者。」（劉逢祿左氏春秋考證尤詳，）又按屈復楚辭新註：「以二女妻少康事見左傳。」（新學僞經考：「歆諸經皆託之於人，唯左傳則任之於己。」）

他說：「歆校詩書，幷離騷亦歆所竄入；不然，何一事敍至十二句耶？」將離騷和劉歆的關係，說得昭然若揭。劉歆僞造的古書，大都託爲周秦間人的作品。離騷本來是淮南王的作品，或經過他一次改竄，於是作者遂推爲「屈原。」其實並沒有「屈原」這個人；從劉向纂集說苑以後，史記中才有這一篇「屈原列傳！」

到東漢以後，劉歆一派的勢力已大，如桓譚，班固，賈逵等，並用僞經。同時在這一系的儒者的著作中，如：桓譚新論，王充論衡，……便大都提到「屈原，」一致詆毀淮南王的叛亂，甚至如富於懷疑思想的王充，也逃不出這個範圍。足見當時劉歆作僞風氣的充溢了。

史記中關於賈誼生平，據康有爲新學僞經考說：

「儒林傳敍左氏師傳，自賈誼至尹更始，皆歆僞造淵源。」（僞經考卷六）

劉歆敍左傳以爲自賈誼以至尹更始爲一系。據漢書藝文志所載，蓋儒家有賈誼五十八篇，其中有的被劉歆採取；賈誼生平亦抑鬱不得志，故屈賈同傳，在造作屈傳的人，很可以將他們拉在一起。傳中的弔屈原賦大約亦出於相同的作用。（註十四）

另一方面，我們從淮南王的事蹟上看，證明他並沒有做過離騷的「傳，」或「章句，」而且那時候還絕對沒有關於「屈原」的傳說！

史記僞屈傳載「國風好色而不淫，小雅怨誹而不亂，」至「推此志也雖與日月爭光可也！」一段，據僞作班固離騷贊序以爲淮南王劉安所說，其實絕對不然。按淮南子：

「推其志非能貪富貴之位不便侈靡之樂；」（精神訓）

「與日月爭光！」（繆稱訓）

「能游冥冥者與日月同光！」（俶眞訓）

恰與屈傳中的這一段話的最後兩句相合。但淮南子並不指着某一人而言，更不是指的所謂「屈原。」至於「國風好色而不淫，小雅怨誹而不亂」則出於荀子大略篇：

「國風之好色也傳曰盈其欲而不愆其止。……小雅不以於汙上，自引而居下。疾今之政，以思往者，其言有文焉，其聲有哀焉。」

屈傳中有這兩句，想必是造作屈傳者所攙入。此外屈傳中如：

「博聞強志，嫻於辭令。」

「被髮行吟澤畔。」

亦見於淮南子：

「博聞強志，口辯辭給，人智之美也。」（齊俗訓）

「被髮優遊；」（俶眞訓）

僞屈傳中引這些話來敍述「屈原，」因此露出僞造的痕跡。如淮南王確曾替離騷作傳，或者作章句，他對於所謂「屈原，」當然不但了解清楚，必定還有相當的敬意。但何以在淮南子裏面却沒有提到「屈原」呢？

且淮南子一書，在西漢學術史上是一部極重要的著作。黃震黃氏日鈔論淮南子：「凡陰陽造化，天文地理，四夷百蠻之遠，昆蟲草木之細，瓌奇詭異，足以駭人耳目者，無不森然羅列其間，蓋天下類書之博者也！」王世貞藝苑巵言亦云：「淮南鴻烈雖似錯雜，而氣法如一，當由淮南手裁。」現傳的淮南子內容極廣，凡古代的史料，傳說，神話，學術，思想，掌故，以及天文，地理，博物，……等等，幾乎無所不包，無所不有。傳說中的外篇三十三篇，中篇八卷，我疑心或者並無其事。淮南王的著作，大約盡止於此。

今按淮南子對於紀載古代楚國的人名，（覽冥六，精神一，主術八，繆稱一，道應四，氾論八。說山三，約三四十人，重復者不計）楚國的地名，以及楚國的歷史雖多，却沒有提起所謂「屈原、」「宋玉、」「景差、」「唐勒」一流的紀事和作品。而且淮南子裏面雖有楚懷王入秦以及寵姬鄭袖等的故事，（參看兵略訓，修務訓兩篇，及劉文典淮南鴻烈集解注）然而並沒有提起「屈原！」

其次，淮南子雖則是散文的著作，因爲淮南王是楚人，故亦常用楚語。例如：

「江淮謂士爲武。（覽冥又齊俗。）楚人謂厭爲昧，楚人謂牢爲豁（精神。）楚人謂刃爲銖，（齊俗。）楚人謂恨不得曰杯治，（道應。）楚人謂晞爲堁，（說山。）楚人謂躓爲蹪。楚人謂門切爲轔。（說山）」〔均見淮南子高誘注〕

淮南王既「博辯善文，」加以學力又極充足，用楚聲楚語爲離騷賦，（漢書藝文志載淮南王有賦八十二篇，淮南王羣臣賦四十四篇。足見他是漢代最偉大的賦家）當然是再適當也沒有了？而且整部像淮南子裏所有的歷史和故事神話，又恰好是創作離騷的資料。如高似孫子略云：

「少愛讀楚辭淮南小山篇，聱峻瓌磊，他人制作不可企攀者；又慕其離騷有傳，窈窕多思致。每曰：淮南，天下奇才也！又讀其書二十篇，篇中文章，無所不有。如與莊列，呂氏春秋、韓非子諸篇相經緯表裏，何其意之雜出，文之浴復也！

「淮南之奇，出於離騷；淮南之放，得於莊列；……」（據中華書局聚珍版倣宋本）

高氏以為淮南王是「天下之奇才，」並不過譽。我以為只有淮南王那樣的奇才，才能寫出離騷那樣「瓌奇譎怪」的作品。至於高氏以為「淮南之奇，出於離騷；」却適直相反了。

淮南王是一個正統的叛徒。後來謀反未遂，就自剄而死。（一說「得道輕舉，」見張華博物志。或云：「雞犬皆仙。」見王充論衡道虛篇）連帶與劉安往來較密的人都被他所害。據漢書嚴助傳說「因與淮南王交私棄市，」這種連帶被害的人，還不止嚴助；因此一般衛道的漢儒都對於淮南王沒有好感。劉向差一點為他而死，不用說是痛心疾首的。據荀悅前漢紀及班固漢書，淮南王的作品大都被武帝「愛而祕之。」武帝以後這些作品便落在劉向等人的手裏，經過了他們一番竄改，於是正確的史實反而埋沒在傳說的背後了。

（註九）屈復楚辭新註：「余幼讀楚辭，多不解；稍長，讀諸家所註，愈不解。」清龔海峯離騷箋序亦云：「楚辭以王叔師章句為最古。至洪氏補註，朱子集註而備矣。然離騷一篇，皆隨文訓詁，未能貫通其意義也。」

（註十、十一）全見新學僞經考。

（註十二、十三）新學僞經考卷三上：「劉歆僞撰古書，由於總校書之任。故得託名中書，恣其竄亂；」「漢書為歆撰，不復據史記所稱，如太史公自序……十二諸侯年表……之類，或多竄附者也。」崔適史記探源：「劉歆之續史記，非不足於太史公也。亦既顚倒五經，不得不波及龍門，以為佐證。而為新室典文章之絕技也。」

（註十四）賈誼本人對於淮南王亦是有惡感的。按漢書賈誼本傳載有諫立淮南四子文可證。

四　離騷新證

我們已經知道劉安是離騷的作者了；現在更從離騷的內容來看，斷定它決不是傳說中的「屈原」作的。按：

前漢書淮南厲王傳：「淮南厲王長，高帝少子也。……與棘蒲侯柴武太子奇謀反，事覺，……於是盡誅所與謀者，迺遣長載以輜車，……不食而死。……〔文帝〕十六年，上憐淮南王廢法不軌，自使失國早夭。迺徙淮南王喜復王故城陽。而立厲王三子王淮南故地，三分之；阜陵侯安爲淮南王；安陽侯勃爲衡山王；陽周侯賜爲廬江王。東城侯良，前薨，無後。」

史記淮南王列傳：「淮南王安，爲人好讀書鼓琴。不喜弋獵狗馬馳騁，亦欲以行陰德，拊循百姓，流譽天下。」

前漢書淮南王安傳：「招致賓客方術之士數千人，作爲內書二十一篇，外書甚衆。又有中篇八卷，言神仙黃白之術，亦二十餘萬言，時武帝方好藝文，以安屬爲諸父，辯博善爲文辭。甚尊重之。……初，安入朝，獻所作內篇新出，上愛祕之，使爲離騷傳。旦受詔，日食時上。又獻頌德及長安都國頌。每宴見談說得失及方技頌賦，昏暮然後罷。」

高誘淮南子敍目：「時民歌之曰，「一尺繒，好童童，一升粟，飽蓬蓬；兄弟二人不相容。」上〔文帝〕聞之曰，『以我貪其地邪？』乃召四侯而封之。其一人病薨，長子安襲封淮南王，次爲廬江王。太傅賈誼諫曰『怨讎之人不可貴也，』後淮南，衡山卒反，如賈誼言。初，安爲辨達，善屬文。皇帝爲從父，數上書，召見。孝文皇帝甚重之，詔使爲離騷賦。自旦受詔，日早食已，上愛而祕之，天下方術之士，多往歸焉。」

荀悅前漢紀孝武皇帝紀：「〔元狩元年〕十一月，淮南王安，衡山王賜，謀反，誅之。——安好讀書，招致賓客方術之士數千人，作內書二十一篇，外書甚衆。又有中書八卷，言神仙黃白之事，上以安屬諸父，甚尊重之。初，安朝，上使作離騷賦。旦受詔，食時畢上。」

太平御覽一百五十〔皇親部〕引：「初，安入朝，獻所作內篇。新出，上愛祕之。使爲離騷賦。旦受詔，食時上。」

高誘敍離騷賦作於文帝時，疑是作於孝武時之誤；按

漢書淮南厲王長傳云：「孝文八年，憐淮南王。王有子四人，年皆七八歲。迺封子安爲阜陵侯。」

是時安年僅八九歲，（因爲既有四人便不能皆七八歲；大約劉安的年齡最大，所以首被封於阜陵。）文帝十六年又封劉安爲淮南王。那時劉安的年齡還不到二十歲，若說「詔使爲離騷賦」便不合了。故當以前漢紀等所載作離騷賦的年代爲是。

前漢書及史記本傳載「武帝建元二年，淮南王入朝。」那時他已經是四十二三歲了，這樣的年紀若在常人，不以爲衰老，但他是一個富於情感而又篤信神仙黃白之術的人，自較常人容易感觸。因此在離騷中會說：「老冉冉之將至兮！恐脩名之不立。」離騷大約就是在這時候的作品。

再就離騷的內容上考證：

（一）按離騷首段「攝提貞于孟陬兮，惟庚寅吾以降。」王逸注：「太歲在寅爲攝提格。……正月爲陬，……庚寅日也。」是「攝提」爲寅年，「孟陬」爲正月，正月建寅，所用爲夏曆。按夏正與殷正相差一月，與周正相差兩月。（註十五）春秋時楚人用殷正，故春秋與左傳記楚事相差一個月。如：

春秋昭公四年記殺齊慶封事「秋七月，楚子，蔡侯，陳侯，許男，胡子，沈子，淮夷伐吳，執齊慶封殺之。」

左傳昭公四年：「八月甲申，克之，執齊慶封而盡滅其族。」

楚殺齊慶封，春秋記在七月，左傳記在八月，相差一月，又如：

春秋昭公八年記楚滅陳：「冬，十月壬午，楚師滅陳。」

左傳昭公八年：「冬十一月，壬午，滅陳。」

又如：

春秋昭公十三年記楚靈王死：「夏四月，楚公子比自晉歸于楚，弒其君虔于乾谿。」

左傳昭公十三年記此事作：「夏五月，癸亥，王縊于芋尹申亥氏。」

春秋所記均用周正，左傳所記凡某國用某正，卽以某正記之。左傳中所見齊楚二國，均用殷正。與夏正周正前後俱相差一月。傳說中的「屈原」旣是「楚臣」，應用殷正，但離騷中明用夏正，顯與傳說中「屈原」的時代不合。同時正因離騷之用夏正，可以斷定牠是淮南王的作品。按：

淮南子天文訓：「天維建元，常以寅起始。」

又說：「正月建寅。」

又：「太歲在寅，歲名攝提格，其星爲雄。」

又時則訓：「孟春之月，招搖指寅。」

漢代歷法自太初以後改正。漢初「以北平侯張蒼言用顓頊曆，」（漢書律歷志）但淮南王所用的是夏正，與離騷正合。（又據日本內務省地理局編昭和七年帝都出版社三正綜覽凡例云：「漢案秦建亥爲正，皆以夏正言之。」漢初雖有間用顓頊歷者，（三正綜覽凡例）惟淮南王用夏曆。）至武帝太初以後，用方士唐都的主張，改定歷法。（詳史記歷書）而唐都所用的夏正，完全根據淮南子的天文訓；可證離騷中所用夏曆，必出於淮南王之手。又按：

漢書文帝紀：「十六年，……五月，立……淮南厲王子三人皆爲王。」

事：

漢文帝十六年五月封劉安為淮南王，這年是丁丑年，第二年是戊寅。劉安於是年受封，始立王府。據淮南子天文訓記

「淮南元年，冬太一在丙子，冬至甲子，立春丙子。」

高誘注：「淮南王安即位之元年。」

淮南王即位時，在那一天，雖很難考，然當在漢文帝後元元年（歲次戊寅）正月，是年正月（孟春）十五日為庚寅日，適逢元月吉日，此日雖非劉安生日，但這一天必定是在他正當即位的時間，從此可以推測劉安的生辰和離騷中「攝提貞於孟陬兮，惟庚寅吾以降」的年月了！

這是離騷為淮南王所作的第一個內證！

郭沫若屈原一書中據日本新城新藏推算（註十六）見新城新藏戰國秦漢長曆圖楚宣王二十九年正月無庚寅一日，便以為是歲星超辰，將寅年定為前三四〇年，惟此說實誤。按歲星超辰之說為西漢劉向所創，且新城新藏亦謂「劉歆以前尚未知超辰法之時代」〔詳見沈濬譯東洋天文學史研究第四三八頁，四二八頁，四三一頁，四二五頁，四四八頁。又參看十駕齋養新錄卷中近人朱文鑫天文考古錄第四十一頁，中國天文學史第二十七頁，曆法通志第八十一頁。〕而離騷之作者亦不致獨創曆法，先立超辰年月；故郭氏所說不合事實。

（二）按離騷「紛吾既有此內美兮，又重之以修能；扈江離與辟芷兮，紉秋蘭以為佩，」幾句，蔣驥山帶閣楚辭餘論云：

「篇中曰好脩，曰脩名，曰前脩，曰修初服，曰信脩，脩字凡十一見，首尾照應，眉目了然，絕非牽附之見；」

離騷中何以會用這許多「脩」字呢？按高誘淮南子敘目云：

「安以父諱長，故其所著諸長字，皆曰脩。」

這當然是最明確的證據了。因劉安父名長，故凡遇用長字處，都避諱改用脩字。全篇脩字凡十六見，用長字的地方僅四處，都只能用長字，若改用脩字則旣不順口而且意義也不通了。試列舉於後：

「苟余情其信姱以練要兮，長顑頷亦何傷！」

「高余冠之岌岌兮，長余佩之陸離；」

「后辛之菹醢兮，殷宗用之不長。」

「余以蘭爲可恃兮，羌無實而容長。」

這四句，第二句尙有改脩字的可能，至於第一句如改長字爲脩字，不但讀不順口，而且便覺得扞格不通。第三第四兩句，則均以韻脚關係，不得不用長字。同時如改用脩字亦不可通。按上下句：

「夏桀之常違兮，乃遂焉而逢殃。后辛之菹醢兮，殷宗用而不長。」

「余以蘭爲可恃兮，羌無實而容長。委厥美以從俗兮，苟得列乎衆芳。」

皆不能不用長字。其餘全篇中用脩字處，似因避諱所改。此亦離騷應爲劉安所作之證。

(三)「扈江離與辟芷兮，紉秋蘭以爲佩。」舊注云：「江離辟芷皆香草名。」離騷中說到的香草極多，歷代都以爲象徵賢人忠臣，其實都被一般腐儒弄糟了。離騷中所以多香草的原因，完全是因爲淮南王的好神仙黃白之術。故此凡是一些可以製藥成仙的草木在離騷中特別多；但並不限於「香草。」試看離騷草木疏所載的幾種植物，便知離騷中所用的幾種「香草」，都出於道家成仙之說。如：

菊　引抱朴子及西京雜記云：「其天姿高潔如此，宜其通仙靈也。」又云：「菊花墮其水中，味爲變，居民食甘泉水，無不壽考。」

芝　引抱朴子云：「木芝者，松柏脂淪地，千歲化爲茯苓。」

蘭，蓀，荃。　引沈存中云：「香草之類，大率多異名。所謂蘭，蓀，荃即今昌蒲是也。」又引漢武內傳云：「九嶷仙人關中岳有石上昌蒲，食之長生。」

芷茝　引本草云：「白芷名芳香，又名澤芬，」陶隱居云：「道家以此香浴。」

杜蘅　引山海經云：「天帝之山，有草狀似葵，臭如蕪蘼。名曰杜蘅。」郭璞注云：「江淮間皆有之。今人用作浴湯，及衣香甚佳。」（見吳仁傑離騷草木疏）

據此，則離騷中的椒蘭等等，舊說以爲暗示婪臣子蘭子椒的，其實都是漢儒的胡說。實卽淮南子人間訓所謂：「申椒杜茝，美人之所懷服也；及漸之於滫，則不能保其芳矣。」淮南子裏明說「申椒杜茝美人之所懷服；」歷來楚辭的注解，却往往硬把離騷中所說的「美人，」以爲是指的懷王。（註十七）其實離騷中的所謂香草與美人者，大都是對於神仙的憧憬；和忠君之說本沒有什麼關係的！試看魏文帝與鍾繇書說：

「九月律中無射，言羣本百草，無有射地而生。惟芳菊紛然獨榮。非含乾坤之純和，體芳芬之淑氣，孰能如此？故屈平悲冉冉之將老，思餐秋菊之落英。輔體延年，莫斯之貴。謹奉一束，以助彭祖之術。」（見全上古三代秦漢三國六朝文）

此說離騷中餐秋菊之落英爲「淑氣延年，」極是。不過照舊說，離騷末句卽指「屈平」投水而死，顯然與淑氣延年的態度相反。絕對不會一面在力求長生，一面却表示投水的決意的。要之，如從傳說中「屈原」的背景去讀離騷，便愈讀愈昧；若以淮南王的背景去看，便覺語語洞澈，如見肺腑了。（註十八）

至於神仙思想的發展在戰國時，只有鄒衍等陰陽家的世界觀，只說中國之外尚有「九州」，戰國以後經過道家的想像，方有海上神山一類的神話。這一類的神話在秦始皇時已極發達。漢初如張子房辟穀求仙，武帝時劉安的黃白之術，便都是想憑修練的方術求仙的例子。在子房或者祇是借此自隱，在劉安却完全是迷信了！

按鮑照淮南王詩：「淮南王，好長生，服食鍊氣讀仙經。琉璃作椀牙作盤，金鼎玉匕合神丹。合神丹，戲紫房，紫房綵女弄明璫，鸞歌鳳舞斷君腸。朱城九重門九閨，願逐明月入君懷……」（鮑明遠集）

唐張祜遊淮南詩：「十里長街市井連，月明橋上望神仙。人生只合揚州死，禪智山光好墓田。」（唐詩別裁）

清吳梅村過淮陰詩：「登高悵望八公山，琪樹丹崖未可攀。莫想陰符遇黃石，好將鴻寶駐朱顏。浮生所欠只一死，塵世無緣識九還。我本淮南舊鷄犬，不隨仙去落人間。」（吳梅村集）

從這些文學作品中就可以想像到劉安的風度。

離騷中的神仙觀念可見其自有時代的背景。

（四）按郭璞穆天子傳卷二注：

「漢武帝取外國香草美菜種之中國。」

又按晉譙國嵇含南方草木狀：

「桂出合浦。……交趾置桂園。……南越交趾植物有四裔最爲奇，周秦以前無稱焉。自漢武帝開拓封疆，搜求珍異，取其尤者充貢；中州之人或昧其狀。」

合浦與交趾在秦漢時始有交通，而百粵則於秦時征服，南面瀕海；漢武帝時平定西南夷，同時印度東岸諸國，有的也和漢往來了其時歐亞間水路交通已開，徐聞合浦（今廣東海康縣及合浦縣）所出產的絲綢，早爲西方人所羡慕。便是大秦國王的遣使從水道來中國，也是羡慕絲帛而來。當時域外物品之流入中土者極多，而桂及菌桂等亦於此時傳入。故在漢時猶「中州之人或昧其狀」者，在戰國時更不易寓目。離騷中既多「桂」「菌桂」與香草，這是離騷爲漢代淮南王所作的第四個明證。

（五）按離騷云：「雖不周於今之人兮，願依彭咸之遺則。」及末句：「既莫足與爲美政兮，吾將從彭咸之所居。」舊注：「彭咸殷賢大夫諫其君不聽，自投水而死。」（見王逸楚辭章句）但據俞曲園讀楚辭云：

「彭祖名鏗，從堅聲。……咸與堅亦雙聲也，……彭咸即彭鏗乎？論語竊比於我老彭，包注老彭，殷賢大夫。邢疏以爲彭祖，而王逸解彭咸亦謂殷大夫其投水而死之事，因屈子附會。」

「愚按彭咸事實無可考，特以屈子云願依彭咸之遺則，而屈子固投水而死者，故謂彭咸亦投水而死。竊恐其誣古人矣。」（春在堂全集）

他說「其投水而死之事，因屈子附會，」這於了解離騷的意義極有啓發，可謂卓見。但他以爲「彭咸」即彭鏗或老彭，尚有斟酌的必要。然彭鏗彭祖，與離騷作者淮南王求仙長生的思想亦有可通。按論語疏及世本：

論語疏：「彭祖，歷虞夏至商年七百歲。」

世本云「彭鏗在夏爲守藏吏，在周爲柱下吏，年八百歲。」

據此，既可證明離騷中所說的彭咸，並非投水而死，同時亦可以反證離騷的作者亦不是投水而死。歷來的舊注大都不確。他如陳振孫引林渭起龍岡楚辭說亦云：

「其推「屈子」不死於汨羅，比諸浮海居夷之意，其說生新而有理，以爲離騷一篇，辭雖哀痛，而意則宏放，與夫直情徑行，勇於蹈河者，不可同日語。且其興寄高遠，登崑崙，歷閬風，指西海，陟陞皇，皆寓言也。世儒乃以爲實者，何哉？」〔原書不傳，引見直齋書錄解題〕

林氏此書惜乎久已失傳，這裏是據陳直齋的引語。林氏以爲「離騷所指皆寓言」，不應當作事實，此說極有見地。然以「屈子」不死於汨羅，比於浮海居夷，還被傳說所範圍，其實離騷中一再提起的「巫咸」與「彭咸」，原不過是同一理想的人物而已。這種人物不出於儒家的經書，却見於山海經與淮南子：

「大荒之中，……有靈山，巫咸，巫即，巫盼，巫彭，巫姑，巫眞，巫禮，巫抵，巫謝，巫羅，十巫從此升降，百藥爰在。西有西王母之山，……鳳凰之卵是食，甘露是飲。凡其所欲，其味盡存。」（大荒西經；又見淮南子墬形訓等篇）

「女子國在巫咸北，兩女子居，水周之。」（海外西經）

這一段神話的記載，便是離騷中所企求的世界了！所謂彭、咸，原是兩個巫神的名，並不是殷代的大夫。近人劉永濟王逸楚辭章句識誤亦說：

「王注疑誤之處，……不信古書傳說有與儒家不同而強者，……不知其所用古書往往與儒書以外之書相合，如歸藏，山海經，竹書，墨子是。今一概強以儒書所說解之，安得不轇轕難通哉。」（註十九）

又按錢杲之離騷集傳於「朝發軔於蒼梧兮，夕余至乎縣圃」二句下亦云：

「蓋原不容於世，陳詞重華，因託神仙譎怪之說，思得飛遊，以適其意也。」

試看離騷從「何離心之可同兮，吾將遠逝以自疏」以下一章所寫那種飄忽的神遊，若依王逸諸人的注文去看，實無從理解。其次，如：

「折瓊枝以爲羞兮。
精瓊靡以爲粻。」
「麾蛟龍使梁津兮詔西皇使涉予。」
「巫咸將夕降兮懷椒糈而要之。」

等，亦同出於遊仙的思想。按郭璞山海經注云：「糈，祀神之米名。……或作疏，非也。」清畢沅云：「糈當爲稰；說文云：稰祭具也。郭說非。」又按郝懿行箋疏引離騷以證糈確爲祀神之米，三說以郝說爲是。根據這些資料從「好神仙黃白之術」的淮南王的立場去讀離騷，不但可以洞悉他那種神遊的思想，就如：

「巫咸將夕降兮懷椒糈以要之。」（山海經南次三經：「自天虞之山以至南禺之山，其神皆龍身而人面。……糈用稌。」又西次三經：「其祠之禮，糈用稷米。」及續博物志：「椒是玉衡星精，服之身輕。」）

的話，也都有牠的含義和來源了！

以上是離騷爲淮南王所作的第五個證據。

（六）其次我們再看淮南王一生的生活與思想，是否與離騷相合。今按史記與前漢書所載如下：

一、淮南王好讀書鼓琴，不喜弋獵狗馬馳騁。（史記）辯博善爲文辭。（前漢書）

二、亦欲以行陰德，撫循百姓，流譽天下。（史記）

三、言神仙黃白之術。（前漢書）

四、趙王彭祖列侯讓等四十三人皆曰：淮南王大逆無道，謀反明白，當伏誅。膠西王端議曰：安廢法度，行邪辟，有詐

，僞心以亂天下，營惑百姓，背畔宗廟，妄作妖言。（前漢書）

按離騷自：

「帝高陽之苗裔兮。」至

「又重之又以修能。」止

這一段是淮南王的自序。從

「扈江離與辟芷兮，」至

「何不改乎此度也？」

一節，是寫他那種束身自好的性格。只有他那樣潔癖的人，有孤高的思想，又有極熱烈的情感，才能作出那樣空靈奇偉的離騷來！再看自：

「乘騏驥以馳騁兮，來吾導夫先路。」至

「老冉冉其將至兮，恐修名之不立。」止

一段，寫的是道家的政治觀念（雜遊仙思想）和他對於政治的期望。這一段可以和淮南子並觀：

「夫人主之聽治也，清明而不闇，虛心而弱志，是故羣臣輻湊並進，無賢愚不肖，莫不盡其能。於是乃始陳其禮，建以爲基。是乘衆勢所爲車，御衆智以爲馬，雖幽野險塗則無由惑矣。」（主術訓）

把這兩者放在一起，不但如出一轍，而且正可以作爲離騷的注解！他那時對於求仙的思想，似乎比政治的慾望還強。

離騷作於武帝時，關於政治的思想，大約因環境所限制，不能盡量發揮，所以下面便說：

「畦留夷與揭車兮，雜杜衡與芳芷。」

「朝飲木蘭之墜露兮，夕餐秋菊之落英。」

這一類求仙的思想，在愛好求仙的武帝看來，當然要「愛而祕之。」至於淮南王對於神仙的企求，正如他以後在政治上的反動一樣。他抹煞了當時江淮一帶民間的疾苦（賈誼新書屬遠篇云：「夫淮南窳民貧鄉也。」又鹽鐵論云：「是以楚趙之民均貧而寡富。」）也不顧一般人的責難（離騷：「衆女嫉余之娥眉兮，謠諑謂余以善淫。」）他始終是那樣堅決的：

「高余冠之岌岌兮，長余佩之陸離；」

「忽反顧以遊目兮，將往觀乎四荒，」

一味的去作出世的想像。而且說：

「不吾知其亦已矣，苟余情其信芳！」

然而在他這種矛盾的心理中，雖則說：「雖不周於今之人兮，願依彭咸之遺則；」但是在另一方面民生的痛苦又使他受到感觸：

「長太息以掩涕兮，哀民生之多艱！」

西漢的社會狀況，一面自秦以來的土地問題終於沒有解決，一面大地主對土地的集中，使農民生活的困窘達於極點。尤其是淮南，如鹽鐵論所說，更覺得民生的艱困。雖文帝時全免天下租稅十餘年，但實受其利的還是地主，貧民終於「常衣牛馬之衣，而食犬彘之食！」當時的平民經濟既如此其窘，站在貴族地位的淮南王，終只是最多表示感喟，仍不放棄他的求仙的目的因此則說「哀民生之多艱，」下面便又說道：「亦余心之所好兮，雖九死其猶未悔！」

然而一面他又不能忘懷於政治的企圖。接著說：

「怨靈修之浩蕩兮，終不察夫民心。衆女嫉余之蛾眉兮，謠諑謂余以善淫。固時俗之工巧兮，偭規矩而改錯。背繩墨以追曲兮，競周容以為度。忳鬱邑余侘傺兮，吾獨窮困乎此時也。寧溘死以流亡兮，余不忍為此態也。鷙鳥之不羣兮，自前世而固然。何方圜之能周兮，夫孰異道而相安？」

這一節亦可與淮南子主術訓並觀。主術訓謂人主所執之術，首言無為，次言任人任法勢治及名實等，兼道家及法家之言而有之。(註二十)同時却又包含民治的精神。這種無為與有為的思想，是道家哲學的基礎。道家不但熟稔歷史，而且所包括的方面也很廣大。試看離騷中所涉及的歷史觀念，例如：

「鯀婞直以亡身兮，
終然殀乎羽之野。……
夏桀之常違兮，
乃遂焉而逢殃；
后辛之菹醢兮，
殷宗用而不長。」

「湯禹儼而求合兮，
摯咎繇而能調，

說操築於傅巖兮，
武丁用而不疑；
呂望之鼓刀兮，
遭周文而得舉；
甯戚之謳歌兮，
齊桓聞以該輔。」

看他歷數夏商以來的故事，何等淸楚！而且一部分傳聞，決非戰國時人所能道其隻字。（篇中：「夏康娛以自縱」一句，近人均疑其事與左傳所載少康事蹟俱出漢人僞竄。）此外，如：「皇天無私阿兮，覽民德焉錯輔。」「孰非義而可用兮？孰非善而可服？」幾句更可看出是道家對於成敗禍福的思想。

本來出世的思想便是道家的思想。漢志云：「道家者流，蓋出於史官。」道家一邊明瞭歷史的變遷，一邊又受陰陽家的啓示，於是便形成離騷中的這種觀念。

以下自：

「女嬃之嬋媛兮，申申其詈予。」……

「夫何煢獨而不余聽？」

這一節，是他的女兒陵（須同女，楚語）勸他不要再信神仙了。從女陵所說的話看，大約是一位很有智識的女子。（漢書淮南王安傳：「王有女陵，慧有口。王愛陵。」）然而淮南王終不理會：

「薋菉葹以盈室兮，」

這一句疑指神仙家所用花藥之類但不僅屬於香草。（其中「鮌婞直以亡身兮」一句，亦有關於神仙之說，參看論衡無形篇）以下：

「依前聖以節中兮，」至

「固前修之菹醢。」止

一節，亦寫政治思想與「來吾導夫先路！」以下一段相似。但這種成分在離騷中只居次要地位，主要的還是遊仙與出世的思想。

再下：

「曾歔欷余鬱邑兮哀朕時之不當；」至

「攬茹蕙以掩涕兮霑余襟之浪浪。」止

與前段「忳鬱邑余侘傺兮，吾獨窮困乎此時也。」兩句的境界相同，都是表現作者意識的矛盾的。自

「跪敷衽以陳詞兮，」至

「懷朕情而不發兮余焉能忍而與此終古？」止

一段，共七十六句。淮南王自信有求仙的可能，於是先以想像出之。但是，結果忽又感到遠遊的寂寞了。

「忽反顧以流涕兮，

哀高丘之無女。」

這一句，作者希望求仙的理想現實，但又不惜離開他的「故居」和女陵。離騷的命意，大約就在此了。〔陸時雍楚辭疏：「屈原彭咸一著，便是騷之所以命名。故其詞欷歔愾涕，不能自已。」（據緝柳堂本）〕

再下：

「索藑茅以爲筳篿兮，命靈氛爲余占之。」——

「謂申椒其不芳。」

這一節寫淮南王命術士（靈氛）篿卜求仙的凶吉。靈氛以爲：

「勉遠逝而無狐疑兮，孰求美而釋女？」（美即美人，在離騷中象徵神仙，與靈脩相同。）

靈氛的意思勸他便實行，淮南王却仍舊狐疑不決：還是不離開女陵呢？還是去求仙呢？

「欲從靈氛之吉占兮，心猶疑而狐疑！」

自此以下直至末句：

「吾將從彭咸之所居。」

爲止。都是欲行不行，猶疑不決的話。因此從前注家所謂「離騷者，猶離憂也！」便是指這種留戀悱惻的意思。（國語楚語：「則邇者離騷，而遠者距違。」注：騷，愁也。）

這是離騷爲淮南王所作的第六種內證。

（七）離騷中所寫的神仙思想，在漢代的壁畫和石刻上也有相同的風格，這些特殊風格的流行，大都由於當時印度中央亞細亞一帶的宗教神話與宗教藝術輸入的反應。同時漢宮廷樂章中所常見的鳳凰，蒼龍，白虎，朱雀，玄武之類，以及離騷中的「四荒」「四極」都是秦漢以來在大一統的政治形態之下，象徵國力四披的表現。武帝時平定閩粵及西南夷設犍爲、益州、越巂、牂牁諸郡；北部自秦末匈奴南下時侵據的河南也派衛青霍去病等收復，改爲朔方郡地；西域諸國亦相繼內附。至武帝使張騫通大月氏時，開闢了從甘肅經新疆直到中亞細亞的交通，於是域外的文化亦隨著東漸了。西漢時又征服甘肅青海西藏等地的西羌民族；東至朝鮮半島。當時漢族勢力之盛遠過秦代。按荀悅前漢紀孝武本紀所載西域五十餘國，以及淮南子墬形篇所舉海外三十六國，大都與山海經：海外經、海外南經、海外東經等篇的情形相同。而這些記載都由當時的域外交通爲其背景。離騷是根據這些紀載作爲想像的原料的。淮南王的神仙思想先有那樣廣泛的世界觀，同時又受西漢時神仙思想的影響，才能做離騷那樣文章的作者。離騷中的神話境界，決不是戰國時的楚人所能想像的。

按荀子王制篇云：

「北海則有走馬吠犬焉，然而中國得而畜使之。南海則有羽翮齒革曾青丹干焉，然而中國得而財之。東海則有紫紶魚鹽焉，然而中國得而衣之。西海則有皮革文旄焉，然而中國得而用之。」戰國末年具體的地理環境與世界觀，還不過如此。與秦漢以來的情形顯然不同。而且離騷中的「蘭桂」與「菊蕊」，便是從武帝時由南海輸入的產物（參見馮承鈞史地叢考續編眞臘風土記。）

這是離騷爲淮南王所作的第七種內證。

（八）按近人廖平楚辭講義云：

「第一，篇中屢言神游四荒四極，上征下浮，上下求索，與遠游大人賦同，與「屈子」事不合。第二，篇中文義自相重復，又與他篇意同，不過文字小異，一人之作，不能重復如此。今据秦本紀以爲始皇博士作，皆言求仙魂游事。」

他以爲離騷中上征下浮，與遠游大人賦同，與「屈子」事不合，確是極有見解的理由。我們看離騷中關於描寫遊仙的地方，又按四庫全書明道士白雲霽所撰道藏目錄所載道家成道的藥品和書籍，就有許多與離騷的內容相彷。如：神仙服食靈芝菖蒲丸方，白雲仙人靈草歌，洞眞西皇母寶神起居經，上清迴神飛霄登空招五星上法經，太上靈寶芝草品，玄覽人鳥山經圖，洞玄靈寶六甲玉女上宮歌章等，差不多全與離騷的內容相同。近人以遠遊中多遊仙思想，而且說到「與赤松子遊，」因此斷定遠遊是漢人的作品。其實殊不知離騷的內容也完全與遠遊一樣，不過遠遊較爲明顯，而離騷則易於被人誤解吧了。近人游國恩秦代文學中亦云：「離騷之神遊，乃在若有若無之境者，蓋亦合陰陽家之宇宙觀念與道家之神仙觀念而一之者也。」（見上書一三九頁）因此我們讀離騷時，最好與淮南子，穆天子傳，列子周穆王篇，莊子逍遙遊在宥篇，司馬相如大人賦，子虛賦等並讀，便不會上漢儒「忠君被讒」之說的當，而且也不會「不能貫通其意義」了！

以上是離騷爲漢代作品的第八個內證。

（九）又按離騷云：

「雖體解吾猶未變兮，豈余心之可懲？」

兩句，錢杲之離騷集傳注：「體解，支裂也。」按：

戰國策秦策：「商君歸還，惠王車裂之，而秦人不憐。」

又楚策：「齊王大怒，車裂蘇秦於市。」

史記秦本紀：「荆軻刺秦王，秦王覺之，體解軻以徇。」

淮南子人間訓：「商鞅支解，李斯車裂。」

司馬溫公稽古錄：「秦始皇九年，嫪毒有寵於太后，事覺，作亂，捕得，車裂，滅其宗。」

張華博物志：「肉刑，明王之制，荀卿每論之。至漢文帝感太倉公女之言而廢之。」

鹽鐵論：「商鞅以重刑峭法爲秦國基，故二世而奪。刑既嚴峻矣，又作爲相坐之法，造誹謗，增肉刑，」

淮南子主術訓：「吳起張儀智不若孔墨，而爭萬乘之君，此其所以車裂支解也。」

車裂與支解都是屬於所謂「體解」的。「體解」是秦代獨創的刑法，到漢文帝時方才廢除。（左傳宣公十一年：「轘諸栗門。」句，杜預注以爲「車裂也。」但這是杜預的解釋，不能據以斷定春秋有車裂的刑罰。）離騷中用這一句，來表示他的意志的堅決，便是將他處死，也不能使他的意志改變的。體解是秦代才有的刑法，離騷中既經說到體解，當然不是秦以前的作品了。

這是離騷爲漢代作品的第九個證據。

（十）此外我們再從文字上來研究離騷的產生。（楚辭其他幾篇亦然。）

近人對於楚辭，或以爲原係古文，到漢代方譯爲今文。其說如近人吳桂華答梁任公書：

「有攜楚辭集註見過者，……抽繹再三，乃始恍然於楚詞原係古文，洎漢景帝時，淮南王安始譯作今文；漢人於古文本不了了，故於其多數與小篆不甚相遠者尚能無誤，而體製稍涉殊異，便不能辨識。但就其當時所行之小篆中比附推測，故十有八九不能適合。……就中如離騷「九疑紛其並御，」御之誤迎；「求矩矱之所周，」周之誤同。天問「會朝淸明，」之誤「會鼂請盟，」「妖夫曳率，」之誤「妖夫曳衒，」（衒本古率字，特後人不識耳。）「黑水交趾」之誤「黑水玄趾。」招魂「鄭錦絮些」之誤「鄭錦絡些；」「朱態筵些」之誤「朱塵筵些；」「多逮衆些」之誤「多迅衆些；」「容態嬌麗」之誤「容態好比；」「差孋妬些」之誤「順孋代些；」「與王趨夢兮課得失」之誤「課後先。」諸如此類，數日之間，所得不下數十條。因念楚詞爲我國詞章之祖，乃天地間有數文字，其關係我國文學者甚重；既有所見，不可不明著之，以供當世之商榷。」（註二十一）

按此說却未盡然。現在所用通行本的楚詞，最古的只有宋本。宋本早已經過多少次的抄錄，不能完全是原來的面目了。從漢代流傳到現在，難免在文字上發生些傳寫的錯誤。不必楚辭原是秦漢以前的古文，到漢代才譯爲今文，由這翻譯的經過，因此發生不少的錯誤的。其次，即如吳氏之說，而實際上漢人所謂古文，即如許慎說文中的所謂「重文」（註二十二）並非純粹的古文，其實便是晚周的文字。吳大澂說：「許書所引之古籀，爲周末文字；古器中習見之字，即成周通用之文。」（註二十三）王靜安亦云：「秦之小篆，本出大篆，六藝之書，行於齊魯，爰及魏趙，而未嘗流及於秦。漢人用以書六藝，故謂之古文。」（註二十四）故按秦時所罷之文，與所焚的書，都是這種文字。古文與籀文，乃戰國時東西二土文字之異名。由王氏言，所謂古文者，出於晚周，用以書六藝，是漢人所沿用的。王氏又謂戰國時秦用籀文，六國用古文。秦居西周故地，大約去古未遠，所以籀文與從籀文所出的篆文，都可目爲成周文字。六藝中的古文，則爲晚周文字。由此可知戰國時六國所用的古文，實際上漢人仍多沿用。（說文中所謂古文，本有兩種：一種是殷周的古文和籀文，這一部分古文與甲骨文金文同者極多；另一種是六國時所用的古文，屬於東土。）在漢人對於殷周的古文雖不甚了解，但是對於六國時所用的古文，却完全明瞭。這可以舉一個實例來證明。說文中的古文，與晚近新出土的三體石經合者甚多，王氏所謂東方文字（即六國所用文字，）漢人以此書六藝，故稱古文。此說自屬可信。從可知三體石經中的古文，即是六藝的一系。

至於古代文獻的流傳，近人金兆梓氏以爲凡今日所謂先秦著作，大都出於漢人之手，而一切文獻之流傳，亦大都起於漢代。其說最精審可信，與王靜安之說適相表裏。（註二十五）據此，則吳氏之說：「漢人於古文本不了了，故於其多數與小篆不甚相遠者尚能無誤，而體制稍涉殊異便不能辨識。但就其當時所行之小篆中比附推測；故十有八九不能適合。」者，是根本不明瞭六國時語文的情形。即依楚辭舊說，以爲離騷九歌等是戰國時楚國的作品，其時六國所用古文，到漢代還一直沿用，何嘗會「本不了了」呢？至楚辭中有錯誤的地方，我們固然不能不加以注意，然以楚辭爲先秦古文，經漢時淮南王譯作今文，便覺得牽強了。

這一點關係楚辭的時代很大。我們若不明瞭楚辭並非先秦古文，就容易誤會楚辭是戰國時所作。據此亦可反證離騷等俱爲漢代作品。

（十一）其次，按陳第毛詩古音考云：

「今考之屈宋，其音往往與詩易合，其詩易所無者，又往往與周秦漢魏之歌謠詩賦合，其爲上世之音何疑？」

我們再從音韻上去觀察楚辭，更可以證明離騷（包括九歌等）必是漢代的作品。自來以「古韻大別爲三十部」。到隋唐韻書的韻目便都有二百餘了。這是什麼緣故呢？蓋漢魏之音，已遠於周而近於今，牠所用的韻，亦別具畛域，與古迥殊。但不若隋唐之明白標出韻目而已。我們從古音上亦可以窺見離騷等產生在什麼時代。雖則古音的分部，是否應如鄭庠之分爲六部？還是應如顧炎武的分爲十部？還是應如江永的分爲十三部，抑應如段玉裁的分爲十七部？這雖未有定論，但周秦古音却顯與漢魏的音韻不同。古音雖無明白的韻目，而有自然的法則，漢魏的用韻則較爲廣泛。我們看漢代的辭賦，全是散文體的韻文，在用韻上和周秦時的音韻都不一樣。現在因爲古音的分部還沒有確切的證據，我們還不能即楚辭的音韻拿來和古音做詳細的考查，但舉其一隅，即可見楚辭發生時期用韻的一般。如離騷篇首四句：「帝高陽之苗裔兮，朕皐考曰伯庸；攝提貞於孟陬兮，惟庚寅吾以降。」按庸在東部，降在冬部。古音東冬分部，自孔廣森詩聲類以下，如嚴可均說文聲類，張洨惟說文諧聲譜，陳卓人說文諧聲孳生述，龍翰臣古韻通說諸書，均主此說。近人章太炎先生爲二十三部音準，尤著意於東冬之別，謂今之讀冬不誤，而東則當讀如江。黃季剛與人論小學書，則謂冬與侯轉，當以兜翁切東；冬與豪轉，當以刀𥐖切冬。古音東冬分立之說，當無疑議。但離騷首四句以東冬相叶，足見並非古音。按漢人所作九辯（說見後）末章句云：「願賜不肖之軀而別離兮，放游志乎雲中。乘精氣之摶摶兮，鶩諸神之湛湛。驂白霓之習習兮，歷羣靈之豐豐。」按中在冬部，湛在侵部，（註二十六）豐在東部。足證成周時古音東冬分部，而漢人辭賦方以東冬爲韻。這一層不但在古音上關係極大；就楚辭而言，即舉此一隅，便可以更多一層證明離騷等爲漢代的作品了。

（十二）現在再將離騷中的神話傳說，和它的來源列一源流表如下：

	一、	二、	三、
離騷	雖不周於今之人兮，願依彭咸之遺則。	忽反顧以游目兮，將往觀乎四荒。	鮌婞直以亡身兮，
墨子			尙賢中：「若昔者
莊子			
荀子			
老子			
管子			
韓非子			外儲說右上：「堯
呂氏春秋	參看「巫咸將降夕兮」一條。		君守篇：「夏鮌作
晏子春秋			
山海經	「大荒之中，有靈山，巫咸，巫即，巫盼，巫彭，⋯⋯十巫從此升降，百藥爰在。」（大荒西經）		「禹堙洪水，殺相
淮南子	彭咸爲巫彭巫咸之合稱。巫咸參見「詔西皇使涉予」一條。	四荒，即四極也。（見墜形）	
列子			列子楊朱篇：「鮌
穆天子傳			

四、

終然妖乎羽之野。	濟沅湘以南征兮，就重華而陳詞。
伯鯀，帝之元子，廢帝之德膺，既乃刑之羽之郊，乃執照無有及也。」	
欲傳天下於舜，鯀諫曰：不祥，孰以天下而傳之於匹夫乎？堯不聽，舉兵而誅鯀於羽山之郊。」	
城。」又行論篇：「堯以天下讓舜，鮌為諸侯，怒於堯曰：得天之道者為帝，得地之道者為三公。今我得地之道，而不以我為三公，以堯為失論，欲得三公，怒甚猛獸，欲以為亂，比獸之角，能以為城，舉其尾，能以為旌，召之不來，仿佯於野，以患帝舜。于是殛之羽山，副之以吳刃。禹不敢怨，而反事之，官為司空。」	
繇。」（大荒北經）「帝令祝融殺繇於羽郊•」（海內經）	「是常遊於江淵，澧沅之風，交瀟湘之源。」（中次十二）
	「昔者楚人地南卷沅湘。」（兵略）
治水土，績用不就，殛諸羽山。」	

五、	六、	七、
啓九辯與九歌兮，夏康娛以自縱。不顧難以圖後兮，五子用失乎家衖。	羿淫游以佚畋兮，又好射夫封狐。	后辛之菹醢兮，殷宗用而不長。
	「庚桑楚」：「一雀適羿，羿必得之，威也。」又「德充符」：「遊於羿之彀中，中央者，中地也。」	
	「儒效篇」：「羿者，天下之善射者也。」「君道篇」：「羿之法非亡也，而羿不世中。」	
	「形勢篇」：「羿之道，非射也，」又「小稱篇」：「羿有以感弓矢，故可得中也。」又「形勢解」：「羿古之善射者也。」	
「外儲說右下」：「古者禹死，將傳天下於益，啓之人因相與攻益而立啓。」	「說林下」：「可必則越人不疑羿，不可必則慈母逃弱子。」又「守道篇」：「羿巧於不失發。」	
	「勿躬篇」：「羿作弓。」	「本味篇」：「有侁氏女子採桑，得嬰兒於空桑之中。獻之其君，其君令烰人饕之，命之曰伊尹。
「夏后啓於此儛九伐。」（海外西經）「西南海之外，赤水之南，流沙之西，有人珥兩青蛇，乘兩龍，名曰夏后開。開上三嬪于天，得九辯與九歌以下。」（大荒西經）	「羿與鑿齒戰於壽華之野，羿射殺之。」（海外南經）	
「昔有扈氏爲義而亡。」高注：有扈氏，夏啓之庶兄也。以堯舜舉賢，禹獨與子，故伐啓，啓亡之。（齊俗）	本經：「堯乃使羿上射十日，而下殺猰貐。斷脩蛇於洞庭，禽封豨於桑林。」	錢杲之集傳引淮南子：「醢鬼侯之女，苑梅伯之骸，用猶以也，殷宗以此遂絕不長久。」又
「以觀夏后啓之所居。」（卷五）	「天子夢羿射於塗山。」（卷五）	

。長而賢，湯聞伊尹，使人請之有侁氏，有侁氏不可。伊尹亦欲歸湯。湯於是請取婦爲婚，有侁氏喜，以伊尹爲媵送女。」高誘注：「侁讀爲莘」。

脩務訓：「若以布衣徒步之人觀之，則伊尹負鼎而干湯。」高注：「伊尹處有莘之野，執鼎俎和五味以干湯。」

八、

朝發軔於蒼梧兮，夕余至乎縣圃。

外物篇：「自淛河以東，蒼梧以北，莫不厭若魚者。」

「蒼梧之淵，其中有九嶷山，舜之所葬，在長沙零陵界中。」（海內經）

「昔舜葬蒼梧。」（齊俗）「崑崙之邱，或上信之：是爲縣圃。登之乃靈，能使風雨。或上信之，登之乃神，是爲太帝之居。」（墜形）

九、

吾令羲和弭節兮，望崦嵫而勿迫。

勿躬篇：「羲和作占日。」

「羲和者，帝俊之妻，生十日。」（大荒南經）

列子湯問篇：「周穆王西巡狩，越崑崙，不至弇（音奄，日入之所）山反還，未及中國。」

十、飲余馬於咸池兮，總余轡乎扶桑。

天運：「北門成問於黃帝曰：帝張咸池之樂於洞庭之野，吾始聞之懼，復聞之怠，卒聞之而惑，蕩蕩默默，乃不自得。」

爲欲篇：「北至大夏，南至北戶，西至三危，東至扶木，不敢亂矣。」又求人篇：「禹東至搏木之地，日出九津，青羌之野。」

「湯谷上有扶桑。」（海外東經）

天文：「天有九野，九千九百九十九隅，去地五億萬里。五星，八風，二十八宿、五宮六府，紫宮，太徵軒轅，咸池，四守，天阿。」又：「太徵者，太一之庭也；紫宮者，太一之居也；軒轅者，帝妃之舍也；咸池者，水魚之囿也；天阿者，羣神之闕也；四宮者（當即四守之誤），所以守司賞罰。」又：「一日出于暘谷，浴於咸池，拂于扶桑，是謂晨明。」

十一、折若木以拂日兮，聊逍遙以相羊。

大荒北經：「大荒之中經有衡岩，九陰山，洞野之山，上有赤樹，青葉赤花，名曰若木。」

墜形訓：「若木在建木西。末有日，其華照大地」

十二、前望舒使先驅兮，後飛廉使奔屬。

耕柱篇：「夏后開使蜚廉（藝文類聚，後漢書註，太平御覽，玉海等，俱引蜚作飛、）採金於山川，而陶鑄之於昆吾。」

儒效篇：「刳比干而囚箕子，飛廉惡來知政，夫又惡有不可焉」又臣道篇：「夫是之謂禍亂之從孽，飛廉惡來是也。」

十過篇：「昔者黃帝合鬼神於泰山之上，駕象車而六蛟龍，畢方並鎋（論衡作轄），蚩尤居前，風伯進掃，雨師灑道，虎狼在前，鬼神在後，騰蛇伏地，鳳凰覆上，大合鬼神，作為淸角。」

天文：「月御曰望舒，亦曰纖阿。」

十三、鸞皇為余先戒兮，雷師告余以未具。

「有鳥焉，其伏如翟而五采文，名曰鸞鳥，見則天下安寧。」（西次二經）「雷澤中有雷神龍

參看「吾令豐隆乘雲兮」一條

	十四、	十五、	十六、
	飄風屯其相離兮，帥雲霓而來御。	朝吾將濟於白水兮，登閬風而緤馬。	溘吾游此春宮兮，折瓊枝以爲佩。
	尚同篇：「今若天飄風苦雨，溱溱而至者，此天之所以罰百姓之不上同於天者也。」		
	齊物論：「泠風則小和，飄風則大和。」		
	議兵篇：「輕利僄遬，卒如飄風。」		
	老子道德經：「故飄風不終朝，驟雨不終日。孰爲此者？天地。天地尚不能久，而況於人乎？」		
	兵法篇：「遁若飄風，擊刺若雷電。」又：「衆若時雨，寡若飄風，一之終也。」		
	慎大覽：「飄風暴雨，日中不須臾。」		
身而人頭。」（海內東經）	參看「留有虞之二姚」一條		
	天文：「故誅則飄風多。」	墜形：「是故白水宜玉，黑水宜砥，青水宜碧，赤水宜丹，⋮⋮」	「崑侖以下地，中有增城九重，珠樹玉樹璇樹不死樹在其西。⋮北門開以內不周之風。傾宮旋（同璇）室。」又「崑侖之邱，或上倍之⋮登之乃神，是謂太帝之居。」（墜形）
			「乃至崑崙之丘，以觀春山之瑤。」「天子升於崑崙之丘，以觀黃帝之宮。」（卷一及卷二）

十七、	吾令豐隆乘雲兮，求虙妃之所在。										天文：「季春三月，豐隆乃出，以將其雨。」（注云：豐隆雷也。）俶眞：「若夫眞人，則勳溶于至虛，而游于滅亡之野，騎蜚廉而從敦圖，馳於方外，休於宇內，燭十日而使風雨，臣雷公，役夸父，妾宓妃，妻纖女。天地之間，何足以留其志。」		「而封豐隆之葬。」（卷二）
十八、	夕歸次於窮石兮，朝濯髮乎洧盤。										墬形：「赤水之東，弱水出自窮石。」		「見許男於洧上，」「觴天子於盤石之上。」（卷五及卷一）
十九、	望瑤臺之偃蹇兮，見有娀之佚女。							音初篇：「有娀氏有二佚女，爲之九成之臺，飲食必以			墬形：「有娀在不周之北，長女簡翟，少女建疵。」）		

「鼓。帝令燕往視之，鳴若謚隘。二女愛而爭搏之，覆以玉筐。少選，發而視之，燕遺二卵，北飛，遂不反。」

（高注：姊妹二人在瑤臺，帝嚳之妃也。）

二十、

鳳凰既受詒兮，恐高辛之先我。

「有鳥焉，其狀如雉，五采而文，曰名凰鳳。」（南次三經）

鑒形：「飛龍生鳳凰，鳳凰生鸞鳥，鸞鳥生庶鳥，……介鱗生蛟龍。」原道：「昔共工之力，觸不周之山，使地東南傾。與高辛爭為帝，遂潛于淵。」

二十一、

及少康之未家兮，留有虞之二姚。

求人篇：「堯傳天下於舜，禮之諸侯，妻以二女，臣以十子，身請北面朝之，至卑也。」

「帝之二女……出入必多飄風暴雨。是多怪神。」（中次十二）「洞庭之山……帝之二女居之。」（中次十二）「帝

齊俗：「有虞氏之妃，其社用土。其樂咸池承雲九歆。」泰族訓：「四岳舉舜，而薦之堯，堯乃妻以二女：以

俊妻娥皇，生此三身之國，姚姓。」（大荒南經）

觀其內。」

二十二、

思九州之博大兮，豈惟是其有女。

在宥篇：「出入六合，遊乎九州，獨往獨來，是謂獨有。獨有之人，是之謂至貴。」又秋水篇：「九州穀食之所生，舟車之所通，人處一焉。」

內業篇：「上蔡於天，下極於地，蟠滿九州。」

詳見卷十三。

「禹鯀是始布土。均定九洲。」（海內經）

墜形：「天地之間，九州八極。……九州之大，純方千里」。

二十三、

巫咸將夕降兮，懷椒糈而要之。

應帝王：「鄭有神巫曰季咸，知人之死生存亡禍福壽天，期以歲月旬日若神。鄭人見之，皆棄而走。」又天運：「巫咸祒曰：來！吾語汝：天有六極五常，帝王順之則治，逆之

說林下：「故諺曰：巫咸雖善祝，不能自祓也，秦藥雖善除，不能自彈也。」

勿躬篇「：巫彭作醫，巫咸作筮。」

「有靈山，巫咸……十巫從此升降。百藥爰在。」又「巫咸國，在女丑北。右手操青蛇，左手操赤蛇……羣巫所從上下也。」（海外西經）

巫咸參見「詔西皇使涉予」一條。

	二十四、	二十五、
	百神翳其備降兮，九疑繽其並迎。	湯禹嚴而求合兮，摯皋陶而能調。（皋陶一作咎繇）
		尙賢上：「湯舉伊尹於庖廚之中，授之政，其謀得。」又中篇：「伊摯，有莘氏女之私臣，親爲庖人，湯得之，舉以爲己相，與接天下之政，治天下之民。」
則凶，九洛之事，治成德備，監照下土，天下載之，此謂上皇。」		庚桑楚：「是故湯以胞人（當作庖人）籠作伊尹；……是故非以其所好籠之而可得者無有也。」
		非相篇：「伊尹之狀，面無須麋；」又臣道篇：「殷之伊尹。」
		輕重甲篇：「伊尹以薄之游女工文繡，纂組一純，得粟百鐘於桀之國。」
		難言篇：「故曰以至智說至聖，未必至而見受，伊尹說湯是也。」又說難篇：「伊尹爲宰，百里奚爲虜，皆所以于其上也。」說林下：「知伯將伐仇由，而道難不通，乃鑄大鐘遺仇由之君。仇由之君大說，除道將內之。赤章蔓枝曰：不可，此小之所以事大也。而今
		權勳篇：「中山國有夙繇者，智伯欲攻之而無道也，爲鑄大鐘，方車二軌以遺之，夙繇之君將斬岸埋谿以迎鐘，赤章蔓枝諫曰：詩云「唯則定國」，我胡以得是於智伯？夫智伯之爲人也貪而無信，必欲攻我而無道也，故爲大鐘方車二軌以遺君，君因斬岸埋谿以迎鐘
	參看「朝發軔於蒼梧兮」一條。	
	「九疑之南，陸事寡而水事衆。」（原道）	精神訓：「夫仇由貪大鐘之賂而亡其國。」氾論訓：「夫百里奚之飯牛，伊尹之負鼎，大公之鼓刀。寧戚之商歌」

	二十六、	二十七、
	說操築於傅巖兮，武丁用而不疑。	呂望之鼓刀兮，遭周文而得
	尙賢中：「傅說被褐帶索，庸築乎傅巖，武丁得之，舉以為三公，與接天下之政，治天下之民。此何故？始賤卒而貴，始貧卒而富，則王公大人明乎以尙賢使能為政。」	
	大宗師：「傅說得之，以相武丁，奄有天下，乘東維，騎箕尾，而比於列星。」	
	非相篇：「傅說之狀，身如植鰭。」	解蔽篇：「文王監於殷紂，
也大以來，卒必隨之，不可內也。仇由之君不聽，遂內之，赤章蔓枝因斷穀而驪至於齊，七月而仇由亡矣。」	難言篇：「伯里子道乞，傅說轉鬻。」	外儲說右上「太公望東封於
，師必隨之。弗聽。有頃諫之，君日：「大國為懦，而子逆之，不祥。子釋之。」赤章蔓枝日：「為人臣不忠貞，罪也。忠貞不用，遠身可也。」斷穀而行。至衞，七日而夙繇亡。」	求人篇：「傅說，殷之胥靡也，皆上相天子，至賤也。」	尊師篇：「文王武王師呂望
	晏子曰：「夫湯太甲武丁祖乙，天下之盛君也，不宜無後、」（內篇諫上）	
	「此傅說之所以騎辰尾也。」高注：言殷武丁夢得賢人，得傅說於傅巖。遂以為相。（覽冥）	「文王兩用呂望。」汜論高

舉

故主其心而愼治之，是以能長用呂望，而身不失道，此其所以代殷王而受九牧也。」

齊。」

周公且。」又贊能篇：「文王得呂望而服殷商，夫得聖人，豈有里數哉？」

注：呂望，太公呂尙也。又「太公之鼓刀」（注：太公卒爲文王佐。）呂望鼓刀而入周。」（修務）

二十八、

寧戚之謳歌兮，齊桓聞以該輔。

王霸篇：「齊桓晉文楚莊吳闔閭越句踐，是皆僻陋之國也，威動天下，彊殆中國，無它故焉，略信也。是所謂信立而霸也。」解蔽篇：「鮑叔，寧戚，隰朋，仁知且不蔽，故能持管仲，而名利福祿與管仲齊。」

戒篇：「寧戚之爲人也能事。」又小稱篇：「使寧戚毋忘飯牛車下也。」

有度：「齊桓公并國三十，啓地三千里，桓公之氓社稷也，而齊以亡。」

勿躬篇：「管子復於桓公曰：墾田大邑，辟土藝粟，盡地力之利，臣不若寧遨，請置以爲大田。」（註：寧遨，寧戚；古戚遨同音。）舉難篇：「寧戚飯牛居車下，望桓公而悲，擊牛角疾歌。桓公聞之，撫其僕之手曰：異哉！之歌者（新序之作此）非常人也。命後車載之。桓

內篇問下第四：「昔吾先君桓公，變俗以政，下賢以身。……聞寧戚歌，止車而聽之，則賢人之風也，舉以爲大田。」

「寧戚擊牛角而語，桓公舉以大政、」（繆稱）又見（道應）

	二十九、	三十、
	邅吾道夫崐崙兮，夕余至乎西極。	忽吾行此流沙兮，遵赤水而容與。
	大宗師：「堪坏得之，以襲崑崙；馮夷得之，以遊大川。」又至樂：「崑崙之虛，皇帝之所休。」	天地篇：「黃帝遊於赤水之北，登乎崑崙之丘，而南望還歸，而遺其玄珠。
	輕重甲篇：「崑崙之虛不朝，請以璆琳琅玕爲幣乎？」又：「然後八千里之崑崙之虛，可得而朝也。」	小匡篇：「西服流沙，西虞；而秦戎始從。」又封禪篇：「西伐大夏，涉流
公反至，從者以請。桓公賜之衣冠，將見之，寧戚見，說桓公以治境內，明日復見，說桓公以爲天下。桓公大悅。」又見直諫篇：「使寧戚無忘其飯牛而居於車下。」	本味篇：「水之美者，三危之露，崑崙之井。」	本味篇：「流沙之西，丹山之南，有鳳之丸，沃民所食。」有始覽：「何
	「崑崙之邱，是實惟帝之下都。」（西次三經）	「崑崙之邱，……河水出焉，而南流東注於無達，赤水出焉，而東南流注於
	「經紀山川，蹈騰崑崙。」（原道）西方曰西極之山，曰閶闔之門。」（墬形）	墬形：「赤水之東，弱水出自窮石，至于合黎，餘波入于流沙。」又：「
	周穆王篇：「遂宿於崑崙之阿，赤水之陽；別封日升崑崙之丘，以觀黃帝之宮，而封之以詒後世；遂賓于西王母，觴于瑤池之上。」	參看「邅吾道夫崑崙」一條。
	「升於崑崙之丘，以觀黃帝之宮。而豐隆之葬，以詔後世。」（卷二）	「乃獻良馬十駟，以行流沙。」「遂宿於赤水之阿，崑崙之陽。」（卷二

三十一、

	麾蛟龍使梁津兮，詔西皇使涉予。
。」	大宗師：「西王母得之，坐乎少廣。」
	大略篇：「禹學於西王國。」
涉。」	形勢解：「蛟龍，水蟲之神者也。乘於水則神立，失於水則神廢。」
謂六川？河水，赤水，遼水，黑水，江水，淮水。」	
氾天之水。」（西次三經）	「又西三百五十里，曰玉山，是西王母所居也。」（西次三經）
何謂六水，曰，河水，赤水，遼水，黑水，江水，淮水。」	墬形：「雒棠武人在西北陬，……有神二人，連臂，爲帝候夜，在其西南方，三珠樹在其東北方，有玉樹在赤水之上，崑崙華邱在其東南方。……巫咸在其北方。立登保之山，暘谷榑桑在東方。有娀在不周之北，長女簡翟，少女建疵。西王母在流沙之瀕。」（注云：雒棠武人，皆日所入之山名也。）
	參看「邅吾道夫崑崙」一條。
及卷四）	「天子賓于西王母」，（卷三，凡二見）

三十二、

路不周以左轉兮，指西海以爲期。
封禪篇：「東海致比目之魚，西海致比鶼之鳥。」
本味篇：「飯之美者，玄山之禾，不周之粟。」必己篇：「子不耕於東海，吾不耕於西海也。」
「長沙之山，又西北三百七十里，曰不周之山。」（西次三經）
墬形：「西北方曰不周之山。」人間訓：「耕於東海，至於西海。」

從這個表的程序來看，離騷中的傳說與神話，出於周秦間諸子書者，見於墨子者共五條，見於莊子者共十一條，見於荀子者共八條，見於老子者共一條，見於管子共九條，見於韓非子者共九條，見於呂氏春秋者共十八條見於晏子春秋者共二條，見於山海經者共二十條，見於淮南子者共三十條，見於列子者共五條，見於穆天子傳共八條，（穆天子傳爲晉代汲冢所發現書籍之一，但亦有目爲先秦時著作者；列子亦爲晚出僞書。）其中如二，四，十一，十三，十五，十九，二十，二十一，二十四，二十七等十條，都出於秦代以後的記載。其中羲和見於尚書堯典，「鯀殛于羽山」亦見於尚書堯典，（堯典禹貢均戰國以後人作。）流沙見於尚書禹貢，巫咸見於周書僞古文君奭及商書書序；此外，離騷中的神話和傳說，大部分都見於秦代以後的文獻。這個表的排列雖不嚴密，然離騷中的傳說和神話出於這些（山海經以上）書的資料不多。最多的是山海經和淮南子。按上表出於山海經者二十處，分見於山海經下列各篇：

大荒南經　三處，

大荒西經　二處，

海內經及海內東經共五處，

海外南經及海外東經海外西經共三處

大荒北經　一處，

南次三經　一處，

但山海經的時代，却有很大的問題的。舊說山海經爲禹作，明胡應麟少室山房筆叢以爲周末人作。大概其中五藏山經成書最早，海外經次之，大荒經與海內經爲最晚。據現在研究山經五篇大約戰國時所作，海外內經四篇，成於西漢，大荒經四篇與海內經一篇，疑是西漢以後作品。就離騷裏面傳說的源流加以分析，結果可以斷定離騷必不是秦以前的產物。

——這是離騷爲漢代作品的第十二個證據。

（十三）其次，我們再將離騷中的單句，與淮南子雷同處並列一表：

離騷	淮南子
「何方圜之能周兮。」	「規矩不能方圓，鉤繩不能曲直。」（原道）
「鷙鳥之不羣兮。」	「猛獸不羣，鷙鳥不雙。」（說林）
「日月忽其不淹兮，春秋與其代序。」	「象日月之運行，若春與秋有代序。」（兵略）
「步余馬於蘭皐兮，」	「蘭生幽谷，不爲莫服而不芳。」（說山）
「製芰荷以爲衣兮，集夫容以爲裳。」	「喬枝菱阿，夫容芰荷。」（本經）
「忽馳鶩以追逐兮，」	「鶩怳忽，歷遠彌高以禁往。」（原道）

「乘騏驥以馳騁兮，來吾導夫先路。」	「昔者馮夷大丙之御也，乘雲車，入雲蜺，……雖有輕車良馬（雖有騏驥錄耳之良——主術）不能與之爭先。」（原道）
「惟草木之零落兮，恐美人之遲暮。」 「昔三后之純粹兮，固衆芳之所在。」 「雜申椒與菌桂兮，豈惟紉夫蕙茝。」	「申椒杜茝，美人之所懷服也，及漸之於滫，則不能保其芳矣。古者五帝貴德，三王用義，五霸任力。今取帝王之道，而施之五霸之世，是由乘驥逐人於榛薄，而蓑笠盤旋也。」（人間）
「哀高丘之無女。」	「父子兄弟相遺而走，爭升陵阪，上高丘，輕足先升，不能相顧也。世樂志平，見鄰國之人溺，尚猶哀之，又況親戚乎？」（齊俗）
「指九天以為正兮，夫惟靈修之故也。」	「上尊九天，橫廓六合，揲貫萬物，此聖人之游也。」（俶眞）「卓然獨立，塊然獨存，上通九天，下貫九野。」（原道）
「前望舒使先驅兮，後飛廉使奔屬。」	「令雨師灑道，使風伯掃塵。」（原道）
「斑陸離其上下。」	「五采爭勝，流漫陸離。」（本經）

我們從這表上對比，便覺離騷與淮南子雷同處，並不是偶然了！淮南子的總編者，是淮南王。全書的文字，大約都經過他的編定，因此與離騷中有雷同的地方，是絕對可能的。不過前者是散文的著作，而後者則是韻文的原故，因此在辭句上，自不能完全符合。但從兩者的雷同處比較，可以作為離騷是西漢淮南王所作的第十三個證據。

（十四）此外，按離騷云：「湯禹嚴而祗敬兮，周論道而莫差，」離騷中有這兩句，分明有蹈襲偽臯陶謨的痕跡。又按離騷：「就重華而陳詞。」王逸注云：「重華，舜名也。帝繫曰：瞽叟生重華，是謂帝舜，」但重華最初見於尚書舜典：「若稽古帝舜，曰重華。」舜典今古文尚書均有今文合于堯典而無篇首二十八字。但是雖則沒有這二十八字，堯典卻是秦漢間的僞作。它的發生時代和皐陶謨同在秦漢之際。一說舜典必爲西漢以後的僞作。大約這篇確是秦代以後才產生的。至於今文堯典中無舜典篇首二十八字，則更足以證明堯典的作期必在秦漢以後。——離騷中有此幾句，當是西漢時作品的第十四個證據。

綜觀以上所述，我們從離騷的本身找出這許多證據，現在斷定牠是西漢淮南王劉安所作，便可以無疑了。

最後暫引梁任公之說作爲本章的結束：

「離騷自「跪敷衽以陳詞兮」至「哀高丘之無女，」一段，自「靈氛告余以吉占兮，」至「顧蜷局而不行」一段。徒見其詞藻之紛綸雜遝，其文句之連犿俶詭，而不知厭世主義之極點也。……

「南人開化後於北人，歷歷可徵也。「屈原」生於貴族，故其國家觀念極盛，與立身行己之端嚴，頗近北派，至其學術思想，純乎其南風也。此派後入漢而盛於淮南。淮南雞犬，雖聞三閭之說法，而成道可也。」（飲冰室文集卷十二）

其實他還被一層傳說所隔膜，不知道離騷的作者，便是淮南王劉安！

〔附〕「屈原」傳說源流表：

「屈原」傳說的源流與淮南王故事變遷圖

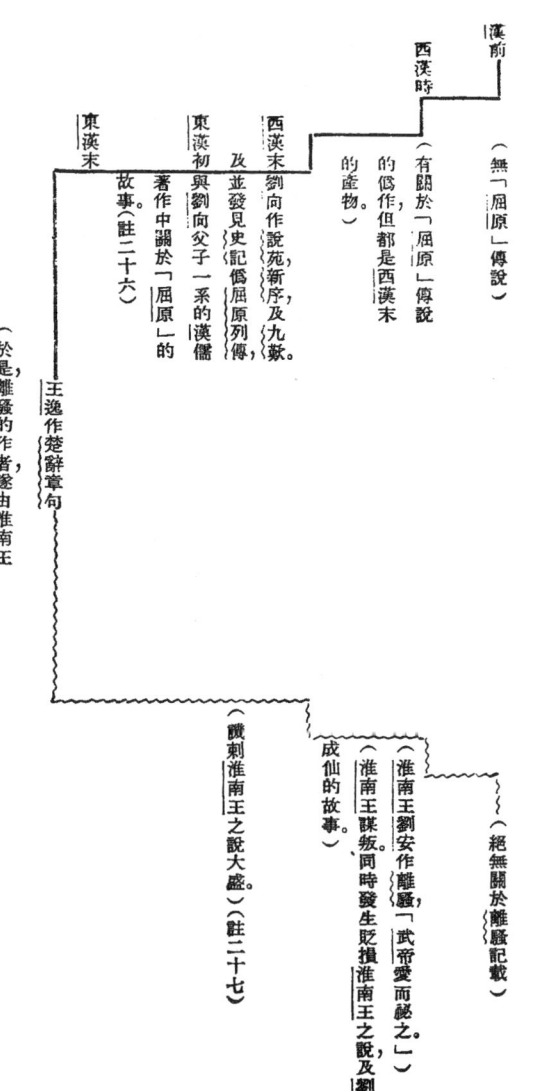

前漢（無「屈原」傳說）——（絕無關於離騷記載）

西漢時（有關於「屈原」傳說的僞作，但都是西漢末的產物。）——（淮南王劉安作離騷，「武帝愛而祕之。」）（淮南王謀叛，同時發生貶損淮南王之說及劉安成仙的故事。）

西漢末劉向作說苑，新序，及九歎。及並發見史記僞屈原列傳，

東漢初與劉向父子一系的漢儒著作中關於「屈原」的故事。（註二十六）——（譏刺淮南王之說大盛。）（註二十七）

東漢末——王逸作楚辭章句（於是，離騷的作者，遂由淮南王劉安而變爲「屈原。」）

（註十五）尚書大傳：「夏以孟春月爲正，殷以季冬月爲正，周以仲冬月爲正。」（白虎通德論三正篇引）又參看左傳昭公十七年記梓愼之說。

（註十六）近人陸侃如引劉師培古歷管窺依夏歷推算定這一年是楚宣王二十七年（即周顯王二十六年）正月二十一日。（見陸侃如屈原（亞東書局出版）及屈原與宋玉（商務印書館萬有文庫））若依周歷推算，則爲同年三月二十二日。（見陳瑒屈子生卒年月考）陸氏遂斷定這一年是傳說中「屈原」的生年。惟以上推算並無確切依據，自不可靠；近人郭沫若則斷定這一年當是西紀前三四〇年。他說：「據呂氏春

秋序意篇云：『維秦八年，歲在涒灘。』知道西紀前二三九年是申年，推數上去，前三四一年的楚宣王二十九年（周顯王二十八年）該是寅年，但那年的正月小，庚申朔，沒有庚寅的一天。我看這是因爲歲星在事實上超了一次辰。歲星是每八二·六年超辰一次的，在那期間中超了一次辰，寅年便當得是前三四〇年，那年的正月小甲申朔，庚寅是初七，與離騷正合。」（見所著屈原第十五頁）

（註十七）見王逸楚辭章句，朱熹楚辭集註，及陸時雍楚辭疏：「屈原之死，其誰使之？糞壤充幃，蓌菉滿室，不堪之氣，無能少忍於須臾耳。」等。

（註十八）隋書經籍志有淮南萬畢經，淮南變化術；唐志有淮南萬畢術各一卷，今其書久佚，後代所見萬畢術，散見於初學記，藝文類聚及太平御覽諸書。未知是否就是淮南王中篇的遺蹟？今據高郵茆泮林淮南萬畢術輯本，雖則亦有些近似方士的法術，大約已經不是劉安的原作了。

（註十九）見國立武漢大學文哲季刊二卷三號，四號。

（註二十）參看胡適淮南王書第三十五頁至第六十五頁。

（註二十一）見民國十八年國學月報彙刊第二集。

（註二十二）重文中除或體外，古文與籀文皆可謂之古文。

（註二十三）見所著說文古籀補及字說等。

（註二十四）見王國維觀堂集林史籀篇。

（註二十五）見廿九年十一月開明書店學林第一輯金兆梓：今文尙書論。

（註二十六）孔廣森詩聲類：詩中用韻，凡從冬從衆從宗從中從蟲從戎從宮從農從降從宋十類之字，與東鍾江韻界劃然，因別出冬部。冇類字古音與東鍾大殊，而與侵聲最近，與蒸聲稍遠。蓋東爲侯之陽聲，冬爲幽之陽聲，今人之混冬於東，猶拚侯於幽。

（註二十六）如揚雄法言吾子篇：「或問屈原智乎？曰：如玉如瑩。」「或問景差，唐勒，宋玉，枚乘之賦益乎？曰：必也淫。淫則奈何？曰：詩人之賦麗以則，辭人之賦麗以淫。」他如王充論衡及鹽鐵論等並提及「屈原。」

(註二十七)如揚雄法言:「淮南說之用,不如太史公之用也。太史公,聖人將有取焉;淮南鮮取焉。」鹽鐵論:「臣罪莫重於殺君,子罪莫重於弑父。日者淮南衡山修文學,招四方遊士,山東儒墨,咸集江淮之間,講義集論,著書數十篇,然卒於背義叛逆,誅及宗族。」及王充論衡卷七等。

五　九歌作於漢代諸證

楚辭中九歌一篇（應作九篇今據楚辭章句別爲東皇太一、雲中君、湘君、湘夫人、大司命、少司命、東君、河伯、山鬼、國殤、禮魂十一章，此處但舉其成數。）按東漢王逸楚辭章句：

「九歌者，屈原之所作也。昔楚國南郢之邑，沅湘之間，其俗信鬼而好祠。其祠必作歌樂鼓舞以樂諸神。（一無「歌」字）屈原放逐，竄伏其域，懷憂苦毒，愁思沸鬱。出見俗人祭祀之禮，歌舞之樂，其詞鄙陋，因爲作九歌之曲。上陳事神之敬，下見己之寃結，託之以風諫；故其文意不同，章句雜錯，而廣異義焉。」（據光緒九年長沙書堂山館重刊汲古閣原本卷二）

王逸以九歌爲「屈原」所作，自來迄無異議。祇有宋代朱熹作楚辭集註時，對於九歌雖有不少新的解釋，但沒有一字提到「屈原」的近時胡適氏以爲九歌是古代湘江民族的宗教舞歌，與「屈原」的傳說絕無關係。陸侃如氏復就胡先生的意見加以考證，以爲九歌的時代，當在春秋之末。現在我們從九歌的本身和各方面觀察，九歌既非戰國時人所作，也不是春秋時的作品，而產生於西漢時代。這是有不少證據的。

按近人胡適讀楚辭說：

「九歌與屈原的傳說絕無關係。細看內容，這九篇大概是最古之作，是當時湘江民族的宗教舞歌。」（胡適文存第二集）

陸侃如氏更由胡氏的意見，考證九歌應作於春秋時代。他說：

「九歌中一篇河伯，是祭河神的。但左傳哀公六年說，初，昭王有疾，卜曰『河爲祟。』王弗祭。大夫請祭諸郊。王曰，『三代命祀，祭不越望。江漢雎漳，楚之望也；禍福之至，不是過也。不穀雖不德，河非所獲罪也。』遂弗祭。」由此可知楚人祀河，總在昭王以後。昭王卒於前四八九年，九歌的出世最早不得在此年以前。

「九歌又有一篇國殤是祭死國事者的，其描寫戰事處，是以車戰爲背景的。陳鍾凡曾舉下列各條以證戰國時用騎戰：

a.「古人不戰馬，經典無言騎者，今言騎，是周末時禮。（曲禮疏）

b.「古者馬以駕車，六國時始有單騎，蘇秦云，『車千乘，騎萬匹。』是也。（春秋正義）

c.「司馬法孫子無騎戰。吳起之爲武侯戰，以車五百乘，騎三千匹，而破秦五十萬衆，其書六篇，往往皆有騎戰，蘇秦說六國，於燕言騎六千匹，於趙言騎萬匹，於魏言騎五千匹。張儀說韓，言秦騎萬匹，趙變胡服，招騎射，皆戰國用騎戰之驗。（王應麟玉海）

戰國始於前四〇三年，九歌的出世，最遲不得在此年以後。」（註二十八）

他這第一條的理由是不錯的。但楚人在前八八七年至前七〇六年之間，還自稱「我蠻夷也。」（史記楚世家：「楚熊渠曰我蠻夷也。不與中國之號謚。」（按熊渠時，卽前八八七年至八七六年）又楚冒蚡二十五年，「楚曰我蠻夷也。」（按卽前七〇六年）這時候距離陸氏所考定的九歌時代祇有二百五十年。當時的楚國離開黃河很遠。故林雲銘楚辭燈九歌通論說：「河非屬江南境，必無千里外往祭河伯之人，則非沅湘所信之鬼可知。」而且「考九歌諸神，悉天地雲日山川正神，國家之所常祀。」（全見楚辭燈）這一段話已經說得很明白了。然而歷來的注家都不注意到這一點，不知道這不是一個諸侯國所祭祀的範圍。按禮曲禮下：「天子祭天地，祭四方，祭山川，祭五祀，歲徧；諸侯方祀，祭山川，祭五祀，歲徧。」史記封禪書：「古者天子祭天地，諸侯祭其域內名山大川。」又按淮南子本經訓：「古者天子一畿，諸侯一同，各守其分。」旣不便越國遠行，而且楚人也沒有祭祀天地與河伯的必要。詩經周頌時邁篇云：「懷柔百神，及河喬嶽。」又史記諸侯年表：「秦靈公八年，城塹河瀕，初以君主妻河。」河患的區域本來只有接近黃河的幾個國家，而尤以秦國爲最。大約戰國以前，祇相信有河神；戰國以後，才發生河伯娶婦的風俗。九歌中既有河伯一章，便可以斷定牠必不是春秋時的楚國所能產生的。（前漢書高帝本紀載高祖二年六月「令祠官祀天地四方上帝山川，以時祠之。」其事與九歌背景相近。）

至於車戰，不但戰國時仍有，一直到漢代還用得很多，並不是春秋時獨有的武器。按淵鑑類函車戰一引八編類纂云：

「馬端臨曰：車戰之制，漢尚用之。」（車戰一）

「周元戎，綦小戎，掌車萃，撰車徒，追項籍，破田由，試隊法，探車材。」（車戰三）

「衞青，李陵，田豫，馬隆，及漢光武皆用車而勝。」（仝上）

足證春秋以後一直到漢代，除利用騎戰者外，同時仍有利用車戰的。民國二十一年，中央研究院考古團在河南濬縣發掘古墓，當時發掘的古墓有八九處，在戰國時均屬魏地。從這次出土的古物裏面，有古車馬裝飾極多，由車飾等的遺物，可考證出戰國時代古戰車制度的大概。（註二十九）此外日人西村眞次的世界古代文化史中國文化一章中也有一幅漢代戰車的石刻圖，從這些發見的實物，更可以作爲戰國以後仍有車戰的證明。

據此，則九歌既不能根據祀河與車戰來斷定是春秋時的作品，而且也必不能產生於春秋之前；那末牠究竟產生在什麼時代呢？

今按九歌的內容，與漢代廟堂樂歌相同。如九歌大司命：「廣開兮天門，紛吾乘兮玄雲；」漢樂歌有「天門開，詄蕩蕩。」又九歌湘夫人：「靈之來兮如雲；」漢郊祀樂歌亦有「靈之車，結玄雲」等句，從內容上看，必是同一背景的作物。又如九歌東皇太一：「奠桂酒兮椒漿，」漢郊祀歌亦有「奠桂酒，賓八鄉」句。又洪興祖楚辭補注引漢樂歌「奠桂酒勺椒漿。」九歌東皇太一：「靈衣兮披披，佩玉兮陸離；」漢郊祀歌亦有同樣性質的辭句：「被華文，廁霧縠，曳阿錫，佩珠玉。」九歌云：

「五音紛兮繁會，」郊祀歌亦云「靈已坐五音飭；」幾乎九歌中的內容，即郊祀歌的內容。除郊祀歌的形式比較嚴整以外，內容上沒有多大的分別。

更從九歌的詞藻上看，如：「飛龍，」「蕙綢，」（綢，韜也）「蘭旌，」「蘭枻，」「龍駕，」「帝服，」「長劍，」「玉珥，」「瑤席，」「瓊芳，」「玉瑱，」「蕙肴，」「椒漿，」「蘭湯，」「華衣，」「瑤華，」「雲旗，」「孔蓋，」「翠旍，」「龍輈，」「緪瑟，」「簫鍾，」「靈保，」「雲衣，」「驂螭，」「朱宮，」「文貍，」「桂旗，」……等等，像這樣華貴的背景，全是西漢時宮殿生活的反映。

如說是春秋時的楚人所作，恐不會有這種背景。因為祇能到秦漢以後，纔有類此的祭典。

又按宋郭茂倩樂府詩集，將九歌山鬼篇列於相和歌辭中的相和曲之一。據宋書第二十一卷禮樂志云：

「相和，漢舊曲也。絲竹更相和，執節者歌。」

又云：

「凡樂章古辭之存者，並漢世街陌謳謠，江南可採蓮烏生十二子白頭吟之屬是也。」

漢書禮樂志云：

「（武帝）乃立樂府，採詩夜誦，有趙代秦楚之謳。以李延年為協律都尉，多舉司馬相如等造為詩賦，略論律呂，以合八音之調，作十九章之歌。」

九歌中之山鬼既列於相和歌之一，可見其為漢代舊曲，惟作者已不可考。按宋書所說只指相和歌歌調的來源。武帝時立樂府，採『有趙，代，秦，楚之謳，』并『舉司馬相如等造為詩賦，』大約山鬼篇亦即當時所採的楚謳，武帝取其調，而令相如另撰歌辭，因是廟堂的文人所爲，復經一度入樂，在宮廷間流傳既久，就成爲無名氏的作品了。（九歌的入樂與譜法，參看近人任中敏南宋詞音譜拍考，見東方雜誌二十四卷十二號。）

我斷定九歌是西漢時的作品，還有下列諸證：

（一）太一之祠應起於漢代　按九歌首篇東皇太一，舊注：「太一，星名。天之尊神，祠在楚東，以配東帝，故云東皇。」洪興祖補注引漢書郊祀志云：「天神貴者太一，太一佐曰五帝。古者天子以春秋祭太一東南郊。」又云：「天文志曰中宮天極星，其一明者太一常居也。」

戴震屈原賦注：

「古未有祀太一者，以太一爲神名，殆始於周末。漢武帝因爲方士之言，立其祠長安東南郊。唐宋祀之尤甚。蓋自戰國時奉爲祈福神，其祠最隆。」

戴氏之說，以太一爲戰國時祈福神，自是一種臆測。考太一祭祀的發生，必起於漢武帝時。「武帝因方士之言，立其祠於長安東南郊。」可見太一之祠，原出當時方士之流的宣傳，在這以前並沒有祭祠太一的事實。按顧炎武日知錄卷三十：

「太一之名，不知起於何時。史記天官書：中宮天極星，其一明者爲太一常居。封禪書：亳人謬忌奏祠太一方，曰天神貴者太一，太一佐曰五帝。古者天子以春秋祭太一東南郊，用太牢七日，爲壇開八通之鬼道。於是天子（武帝）令太祝立其祠長安東南郊，常奉祠如忌方。其後有人上書曰古者天子三年一用太牢祠神三一：天一，地一，太一。天子許之，令太祝領祠之於忌太一壇上，如其方。——此太一之祠所自起。」

按史記天官書與封禪書所載，當是一事。戴震雖明說「古未有祠太一者」，但他以爲戰國時奉爲祈福神的根據，恐卽就封禪書所載亳人謬忌之奏而言。顧炎武考證太一之祠亦云起於漢武帝時。又按史記封禪書：

「（武帝）又作甘泉宮中爲臺室，畫天地太一諸鬼神，而致祭具以致天神。」

「（明年）置酒壽宮神君，壽宮神君最貴者太一，其佐曰：大禁司命之屬，皆從之，弗可得見。聞其言，言與人音等，時去時來，來則風肅然。居室帷中，時晝言，然常以夜。天子祓，然後入。因巫爲主人，關飲食，所以言，行下。又置壽宮北宮，張羽旗，設供具，以禮神君，神君所言，上使人受書其言，命之曰書法，其所語，世俗之所知也，無絕殊者。而天子心獨喜，世莫知也。」

我們看了這段文字，再看九歌的東皇太一，便覺得是在同一背景下的。按東皇太一：「吉日兮辰良，穆將愉兮上皇。」王逸注云：「穆，敬也；愉，樂也。上皇謂東皇太一也。」又按：「瑤席兮玉瑱，盍將把兮瓊芳？蕙肴蒸兮蘭藉，奠桂酒兮椒漿。」這便是封禪書所說「因巫爲主人，關飲食。」了！下面又說「靈偃蹇兮姣服，芳菲菲兮滿堂。」「靈」據王逸注以爲「巫也」這又可想見「張羽旗，設供具，以禮神君，」時「時去時來，」「所以言」的巫（靈）的動態了！

又按史記封禪書載：

「太一祝宰則衣紫及繡，五帝各如其色。」

這時太一之祠既已成立，五帝亦在祠祀之例，「祝宰」「則衣紫及繡，」與東皇太一所說：「靈偃蹇兮姣服，」（王逸注：「偃蹇，舞貌；」）還有甚麼差別呢？

從這幾點證據，我們已可推定九歌中的東皇太一當發生於漢武帝時。其次，按國語楚語：

「是以古者先王日祭月享時類歲祀，諸侯舍日，卿大夫舍月，士庶人舍時，天子徧祀群神品物，諸侯祀天地三辰，及其土之山川。」

淮南子本經訓：

「帝者體太一。」高誘注：「體，法也；太一，天之刑神也。」

太一的地位與天地均等而且與「帝」並立，斷不是秦漢以前諸侯國的立場所應祭祀的範圍。「太一」之名雖發生於戰國時，但那時祇是一種表示宇宙觀的抽象名詞，還沒有絲毫的宗教色彩。如莊子天下篇：「建之以無常有，主之以太一。」成玄英疏：「太者廣大之名，一以不二爲稱，言大道曠蕩，無不制圍，括囊萬有，通而爲一，故謂之太一也。」王先謙莊子集解：「成云建立言教，以凝常無物爲宗，悟其指歸，以虛通太一爲主。」

又莊子列禦寇篇：「徹精神乎蹇淺，而欲兼濟道物，太一形虛，若是者，迷惑於宇宙形累，不知太初。」集解云：「勞於蹇難淺薄之事，而欲導羣物以成兼濟之功，虛形器以合太一之理，若是者，已爲宇宙之羣形物累所迷惑，安能知太初妙理邪？」莊子所謂「太一」與徐无鬼篇：「大一通之，大陰解之」的「大一」正相同。王先謙莊子集解云：「成云：大一，大也；能通生萬物，故曰通。」則莊子時代的「太一」觀念，本是一種代表宇宙物象的名詞，並沒有神性的作用。到了漢代，因方士之流與陰陽五行說的影響，「太一」和「五帝」等等變成神性的對象，都在立祠之例了。史記封禪書言武帝立太一之祠於長安東南郊，九歌中有東皇太一，當在武帝立祠以後無疑。（至太一而復有東皇的稱號，應由當時五行說將「東君」列於「青帝」而來因此東皇與東君當同屬於五帝中的青帝。）

（二）九歌中雲中君、東君、大司命、少司命、河伯、堂下諸祠與祀神，均西漢時所有。太一既是漢初長安東南郊的祀神，而九歌中的「雲中君」「司命」「東君」「東皇」等，亦是漢初宮裏或宮外所立的祀神或神廟。按史記封禪書：

「（高帝）……長安置祠祀官，女巫；梁巫祠天地，（天社）天水，房中，堂上；晉巫祠五帝，東君，雲中，司命，巫社，巫族人，先炊，——皆以歲時祠宮中。」

前漢書高帝紀：

「及高帝即位，置祠祀官。則有秦，晉，梁，荆之巫，世祠天地。綴之以時，豈不信哉？」

前漢書郊祀志：

「後四歲，天下已定，詔御史令豐治枌榆社，常以時。春以羊彘祠之，令祝立蚩尤之祠於長安。置祠祀官女巫，……晉巫祠五帝，東君，雲中君，巫社，巫祠，族人炊之屬。……荆巫祠堂下，巫先司命，施糜之屬；九天巫祠九天。皆以歲時祠宮中。其河巫祠河於臨晉。

這裏的「東皇」與「東君，」便是五帝中的「青帝。」九歌中的大司命和少司命，殆即自司命分化。（史記封禪書：「（武帝）置酒壽宮神君，神君最貴太一，其佐為大禁司命之屬。」大禁司命是太一之佐，則九歌中的大司命，當或有別稱大禁司命。五帝之祠始於秦季，史記封禪書：

「秦宣公作密時於渭南，祭青帝。」

「秦靈公作吳陽上時，祭黃帝；作下時，祭炎帝。」

「秦獻公自以為金瑞，故作畦時櫟陽，而祀白帝。」

「秦始皇既併天下而帝，（一本「而帝」二字作「即位。」）或曰：黃帝得土德，黃龍地螾見；夏得木德，青龍止於郊，草木暢茂；殷得金德，銀自山溢；周得火德，有赤烏之符。今秦變周，水德之時。昔秦文公出獵，獲黑龍，此其水德之瑞，於是秦更名河曰德水，以冬十月為年首，色上（一本作「尙」）黑，度以「六」為名。」（漢書郊祀志同。）

「自齊威宣王時，騶子之徒論著終始五德之運。齊人奏之，故始皇采用之。」

「（漢王）入關，問：故秦時上帝祠何帝也？對曰：有白，青，黃，赤帝之祠，高祖曰：「吾聞天有五帝，而有四，何也？」莫知其說。於是高祖

曰：「吾知之矣，乃待我而具五也。乃立黑帝祠，命曰北畤。」（以上俱見史記封禪書）

陰陽五行說是漢代人思想的骨幹，無論在政治上，在宗教上，在學術上，甚至在文學或藝術上，沒有不用這一套方式的。據現在所有的材料，大抵可說「陰陽說」起源於周易，「五行說」起源於洪範。洪範是戰國時人作的，當時五行說已逐漸發展，後來劉歆的「三統歷」，即五德終始說的代表。據「三統歷」所說，歷代的帝王都不出三個系統的程序：夏黑統，商白統，周赤統。周以後當又屬黑統。史記封禪書載秦文公獲黑龍，為「水德」之瑞，但漢高祖亦立黑祠，而自居於水德，便與戰國以來的五德終始說不合了。由此可知史記封禪書所說秦宣公時的密畤，與秦靈公時的上畤等等，並不依據五行說建立。漢書郊祀志所說漢初「晉巫祠五帝」者，當是漢人的推算。

九歌中既有雲中君、東君、司命諸祠祀神，自必出於高帝立祠以後。

其次，九歌中的「山鬼」與「河伯」，在漢初亦屬於廟神。史記封禪書：

「高祖……南山巫，祠南山秦中。」

「自殽以東，名山五，大川祠二，……太室，恆山。……春以脯酒為歲祠。」

「南山巫祠南山秦中，」可知其地望不在江南楚境。至「河伯」的傳說，按竹書紀年：「帝芬十六年，雒伯用與河伯馮夷鬥。」帝泄十六年「殷侯微以河伯之師伐有易，殺其君綿臣。」顧炎武日知錄：「是河伯者國居河上，而命之為伯。如文王之西伯，而馮夷者其名耳。」楚辭九歌以河伯次於東君之後，則以河伯為神。前漢書郊祀志：

「後四歲，天下已定。……置祠祀官女巫。……其河巫祠河於臨晉。」（引見上）按秦代常有祀河祭典，自戰國以後，靠近黃河的區域已產生祀河的風俗了。至漢初才屬祠祀之一，故九歌中的河伯一篇，當亦產生於立祠以後，因為戰國以來的祀河風俗大半屬於民間；而祀河的原因，則由於河患。這在黃河附近的居民是一種極大的恐怖，決不會發生愛慕河伯的心理。試看戰國魏文侯時西門豹對付河伯娶婦的事實，便是一例。據史記西門豹列傳：

「魏文侯時，西門豹爲鄴令，豹往到鄴，會長老，問民之所疾苦。長老曰：苦爲河伯娶婦，以故貧……」

後來雖經西門豹一番取締，「從是以後，不敢復言爲河伯娶婦；」（同上卷一百二十六）但河伯之爲民患，竟壓迫到使百姓貧困，可見得河患的爲害之烈。九歌中的河伯是可以「與女遊於九河」的，甚至還能同他「日將暮兮悵忘歸，惟極浦兮寤懷。」這裏的河伯，已不是鄴地那樣的河伯了！九歌中並說「子交手兮東行，送美人兮南浦；波滔滔兮來迎，魚隣隣兮媵予。」這裏的河伯竟是使人留戀的人物了！不但比莊子秋水篇中「欣然自喜」與北海若大談「何貴於道」的河伯可愛，簡直看不出有絲毫河患的背景。九歌中的河伯是可以「與女遊兮河之渚」的，無怪宋代洪興祖在補注中，於「送美人兮南浦」下注說：「杜子美詩云『岸花飛送客，檣燕語留人。』亦此意」了！

我們以爲九歌河伯一篇，必出於漢代的廟堂文人之手。它與「民所疾苦」的「河伯」絕然不同，這是廟堂中文人的想像作品。體裁與武帝時瓠子之歌略似，（歌見漢書溝洫志）但一則是爲了河決瓠子而作，是實際上不得已的作品；前者却是和東皇太一雲中君等等相同的爲祀神的樂歌，其作期當在河決瓠子以前。

九歌中除湘君、湘夫人兩篇，在漢代現存的史料中沒有明白說出牠的祀祠的名稱以外，其餘的廟神都是在西漢時才發生的。顧炎武日知錄論九歌湘君湘夫人說：「九歌之篇，遠遊之賦，且爲後世迷惑男女瀆亂神人之祖也。或曰：易以坤爲婦道，而漢書有媼神之文，（原注：郊祀歌：媼神蕃釐，張晏曰：媼者，老母之稱，坤爲母，故稱媼。）於是山川之主，必爲婦人以象之，非所以隆國典而昭民敬也已。」他所說漢書中有媼神之文，拿九歌的內容和性質來比擬，我疑心就是湘君和湘夫人這類作品。

又按九歌湘君：

「鳥次兮屋上，水周兮堂下。」

少司命云：

「秋蘭兮蘼蕪，羅生兮堂下。」

按前漢書郊祀志「晉巫祠堂下，巫先，司命，施糜之屬；九天巫祠九天。」王先謙漢書補注引師古云：「堂下，在堂之下；巫先，巫之最先者也。又引葉德輝注：『九歌有大司命、少司命，卽荊巫祠所本。』」葉氏之說適本末倒置。不知九歌中的「堂下」，就是晉巫祠所祀的廟神。豈有因九歌中有「堂下」二字，便立晉巫祠以祀之的道理呢？由此可見九歌中所說「九天」和「堂下」等等都是漢時巫祠所祀的專稱，其地望在黃河以北。因此戴東原以爲「九歌之辭，爲賦巫迎神之事；」與漢書所謂「媼神之文」，當卽是指此無疑。

（三）九歌中「未央」與「壽宮」，均漢代所有宮殿。

按史記封禪書：

「（武帝）置酒壽宮神君，神君最貴太一，其佐曰大禁司命之屬。」

又云：

「又置壽宮北宮，張羽旗，以祀神君。」（大禁司命似卽大司命之繁稱。）

又按三輔黃圖：

「北宮在長安城中近桂宮，俱在未央宮北。」「北宮有神仙宮，壽宮。張羽旗，設供具以禮神君。神君來則肅然風生，帷帳皆動。」（據漢魏叢書本）

前漢書亦云：

「桂宮有紫房復道，道未央宮。」

宋徐天麟西漢會要卷六十五：

「壽宮，郊祀志武帝置壽宮北宮，以禮神君。」

又云：

「未央宮，高祖七年，蕭何治未央宮，立東闕北闕前殿武庫太庫云云。」

關輔記：

「壽宮在未央北，中有明光殿。」

這裏所說的壽宮，便是九歌雲中君所說的壽宮。按雲中君云：

「浴蘭湯兮沐芳華；采衣兮若英靈連蜷兮既留爛昭昭兮未央。蹇將憺兮壽宮，與日月兮齊光！」

這明明是說的漢代的宮殿了！戴震屈原賦注引薛瓚漢書集注云：「壽宮，奉神之宮。」洪興祖補注：「漢武帝置壽宮神君，臣瓚曰：壽宮，奉神之宮。」按前漢書高帝紀未央宮於高帝七年建。北宮亦創於高帝時。（參看三輔黃圖及前漢書）而壽宮則附屬於北宮，在未央宮北。故雲中君云：「靈連蜷兮既留，爛昭昭兮未央。蹇將澹兮壽宮，與日月兮齊光！」這是說「張羽旗，設供具以禮神君」的事情，已經將神請到宮裏。未央宮和壽宮裏面都是火光烟影，非常燦爛，即此一端，我們確定九歌是漢代的產物，還有甚麼疑問呢？

「未央」「壽宮」兩處都是漢代的宮殿，這個內證本來是極明顯的因為楚辭的面目被二千多年以來的腐儒蒙蔽住了，因此像這樣明顯的證據至今反有提出來的必要。我們不懂王逸在注文裏何以竟將「未央」二字偏會說「央，已也；」「見其光容爛然昭明無極已也？」更可怪的二千多年以來竟沒有人懷疑他的話！〔唐許渾學仙詩：「心期仙訣意無窮，采畫雲車起壽宮；聞有三山未知處，茂陵松栢滿西風。」茂陵，漢武帝陵；此詩亦指武帝於壽宮中求仙故事。〕

(四)九歌湘夫人中「椒房」與「紫壇」，均屬漢代宮室。

按九歌湘夫人云：

「荃壁兮紫壇，播芳椒兮成堂，桂棟兮蘭橑，辛夷楣兮藥房！」（藥，或作葯。）

按西漢會要卷二云：

「椒房，車千秋傳，未央椒房，師古曰：椒房殿名，皇后所居也。以椒和泥塗壁，取其溫而芳也。」

又按漢官儀云：

「皇后稱椒房，取其蕃實之義也。詩云：椒聊之實，蕃衍盈升。以椒塗室，取溫煖除惡气也。」

椒房既起於西漢時，九歌中明說「播芳椒兮成堂；」「辛夷楣兮藥房，」當指椒房無疑。

又按班固前漢書卷六十六：

車千秋傳：「曩者江充先治甘泉宮人，轉至未央椒房。」

前漢書及西漢會要說椒房屬於未央宮，由此可以想見大概湘夫人的產生，和雲中君是同一背景的。

其次湘夫人說「荃壁兮紫壇，」按「紫壇」是漢代祭天時的祭壇，亦非漢以前所有。漢舊儀補遺云：「帝皇祭天自行，羣臣從之齋皆白日他祠不出祭天紫壇幄帳。」（又見續漢志）這裏雖以紫壇爲祭天的壇名然而九歌旣云「紫壇，」當然是指的同一性質的事物了。

「靈衣兮披披玉佩兮陸離；壹陰兮壹陽衆莫知兮予所爲。」

「秋蘭兮靑靑綠葉兮紫莖，滿堂兮美人忽獨與予兮目成。」

這也是武帝時宮廷中求仙的描寫。史記封禪書：「上卽欲與神通，宮室被服非象神，神物不至，」大約九歌中所謂「靈，」「姣服，」「靈衣，」「玉佩者，」便是象徵神物的舞女。九歌所說「滿堂兮美人，」與「芳菲菲兮滿堂，」我疑心卽指武帝宮殿中在招致神仙時所發的美女因此我們斷定九歌必定是西漢時宮廟間樂神的作品。

（五）九歌的背景與作者。

我們再從漢武帝時「張羽旗設供具以禮神君」的情形來看，就覺得是九歌的背景無疑。按前漢書郊祀志說：

「明年，齊人少翁以方見上上有所幸李夫人夫人卒少翁以方蓋夜致夫人及竈鬼之貌云天子自帷中望見焉。迺拜少翁爲文成將軍，賞賜甚多，以客禮禮之。文成言上卽欲與神通，宮室被服非象神，神物不至迺作畫雲氣車。」

「又作甘泉宮中爲臺室畫天地泰一（卽太一）諸鬼神，而置祭具以致天神。」（史記封禪書同此）

荀悅前漢紀孝武皇帝紀云：

「是時言神仙方術者以萬數入海求仙人者數千人。上幸東萊，夜見大人長數丈，就之則不見見大人迹。諸方士後皆無驗，上益厭倦。然猶羈縻不絕冀望其眞。上嘗疾病，有巫爲上致神君，貴者曰太一，其次曰大禁司命之屬皆從之云。非可見但聞其言言與人音等也。

去時則若風肅然，嘗以夜至，或以晝至，或居室帷幄中，上祓之，然後入。因巫爲主人，關飲食所欲言，又置壽宮。張羽旗，設祭具，以祀。神君言，上使人記之。其言世俗所知，亦無絕殊者。而上心甚喜之。其事祕，世莫傳也。而信以爲神矣。」

漢武帝對於求仙的願望既如此熱烈，便造成了不少方士之流假託求仙的機會。宮殿中也畫起神像來了；凡泰一，大司命之屬，都在宮裏設置祭典，造成一個求仙的境界。當時在宮殿中關於求仙的設備異常繁密，按衞宏漢舊儀補遺云：

「皇帝祭天居雲陽宮，齋百日，上甘泉通天臺，高三十丈，以候天神之下；見如流火。舞女童三百人，皆年八歲，天神下壇所，舉烽火。皇帝就竹宮中，不至壇所，」

又云：

「通天臺高三十丈，望雲雨悉在其下。去長安三百里，望見長安城。武帝祭天上通天臺，舞三歲童女三百人，置祠具，招仙人，祭天已。令人升通天臺，以候天仙。天神既下祭所，若大流星，乃舉烽火，而就竹宮望拜。」

「武帝於甘泉宮更置前殿，始廣諸宮室，有芝生殿邊房中。芝有九莖，金色綠葉，朱實，夜有光，乃作芝房之歌。」

這顯然便是九歌的背景了！甘泉宮雖在長安城外，但是這一帶的宮殿最多，接近未央宮的，有北宮和壽宮。此外如明光宮與竹宮，都是接近甘泉宮的。試看三輔黃圖記明光宮云：

「武帝求仙，起明光殿。發燕趙美女二千人充之。（舊本作克，係充字之誤）率取二十以下十五以上，年滿三十者出嫁之，掖庭令總其籍，時有死出者隨補之。」

又前漢書禮樂志云：

「至武帝定郊祀之禮，祠太一於甘泉，就乾位也。祭后土於汾陰，澤中方丘也。乃立樂府，采詩夜誦，有趙代秦楚之謳，以李延年爲協律都尉。多舉司馬相如等數十人造爲詩賦，略論律呂，以合八音之調，作十九章之歌。以正月上辛用事甘泉圜丘，使童男女七十人俱歌。昏祠至明，夜常有神光如流星止集于祠壇。天子自竹宮而望拜，百官侍祠者數百人皆肅然動心焉。」

我們看那時祭祀的宮殿有這麼多，一部分却都是爲招致神仙而設的。求仙時候，武帝親自跑到通天臺去，或「自竹宮而望拜。」而且命司馬相如等數十人造爲詩賦，發燕越美女二千人俱歌，這樣光爛奇瑋的背景，無怪會作出九歌那樣華麗的文字來。

又按漢書郊祀志：

「濟南人公玉帶上黃帝時明堂圖，明堂中有一殿，四面無壁，以茅蓋，通水，水圜宮垣，爲復道，上有樓，從西南入，名曰昆侖，天子從之入，以拜祀上帝焉。於是上（按漢書於此處係指乾封六年，即武帝元封六年。師古注「三歲不雨，暴所封之土令乾也。」）令奉高作明堂汶上，如帶圖。及是歲脩封，則祠太一五帝於明堂上坐，合高皇帝祠坐對之。」（前漢書卷二十五下）

復按九歌中句云：

「覽冀州兮有餘，橫四海兮焉窮。」（雲中君）

「君迴翔兮以下，踰空桑兮從女。紛總總兮九州，何壽夭兮在予。」（大司命）

「吾與君兮齋速，導帝之兮九坑。」（大司命）

「與女遊兮九河，衝風至兮水揚波。與女沐兮咸池，晞女髮兮陽之阿！」（少司命）

「暾將出兮東方，照吾檻兮扶桑。」（東　君）

「與女遊兮九河，衝風起兮水揚波。」（河伯；此二句又見大司命）

「登崑崙兮四望心飛揚兮浩蕩。」（河伯）

我們看這裏的地名和立場，雖不是具體的敍述，但必有相當的環境，纔能發揮出這樣的境界。郊祀志所說武帝時作明堂汶上，又說：「明堂中有一殿，四面無壁，以茅蓋，通水，水圜宮垣。」「上有樓，從西南入，名曰昆侖，」這是否就是九歌中所說「登崑崙兮四望心飛揚兮浩蕩」的背景，我們雖不能推斷，但却有可能。因爲除非假設的「昆侖」纔最適合這樣的發揮，以外事實上去登崑崙是不可能的。

其次如言「冀州」、「九州」、「九坑」、「九河」、「咸池」、「扶桑」、「空桑」等等，大約亦站於同樣的地位所發揮，我們卽不能確定九歌產於某地，但可以斷言它必出於武帝時自明堂至未央宮甘泉宮一帶。

此外我們試看西漢會要記載武帝時「天子車旗」說：

「鸞車在前，屬車在後。」（引賈捐之傳）

「甘泉法從。」（引楊雄傳及注）

「翠鳳之駕。」（引楊雄傳注）

「乘鏤象六玉虯，拖蜺旌，靡雲旗，前皮軒，後道游。」（引司馬相如傳）

「乘輿乃登夫鳳凰兮而翳華芝，駟蒼螭兮六素虯，流星旄以電燭兮，咸翠蓋而鸞旗。」（楊雄傳）

「建翠華之旗。」（司馬相如傳）

（以上俱引原書第二十三卷）

以上正可以作爲九歌雲中君「龍駕兮帝服，聊翺遊兮周章」的注解。祭祠開始以後，武帝便親自參與祭典，這裏的

「雲旗」和「鸞車」之類，卽是九歌中所描寫的佈置了。

又按九歌東君：

「援北斗兮酌桂漿，撰予轡兮高馳翔。」

「駕龍輈兮乘雷，載雲旗兮委蛇。」

按漢書郊祀志：

「武帝爲伐南越告禱於泰一，以牡荆畫幡日月北斗登龍以象太一三星，爲泰一鋒旗，命曰靈旗，爲兵禱，則太史奉以指所伐國。」

武帝時作「畫雲气車，」於甘泉宮畫太一諸鬼神像同時宮殿中祭祀神仙的設置又那麼繁複，九歌中所謂「援北斗」「載雲旗」等等似卽指武帝時「以牡荆畫日月北斗」的事。按漢書郊祀志所說，則武帝時對於兵事征戰，亦告禱於太一。「爲太一鋒旗，命曰靈旗。」大約九歌中的國殤一篇，便是「爲兵禱」「以指所伐國」而作的。九歌中十一篇必同是武帝時的作品，而國殤的作期略後，作東皇太一的時間略前而已。至於這幾篇作品的流傳，大約到西漢之末才有人注意牠，於是將牠收入楚辭裏面。

至於九歌的作者，我們推斷牠是武帝時司馬相如等人所作的。在第二章中，我們已舉郭茂倩樂府詩集中列九歌山鬼篇爲相和曲之一。又據宋書說：「相和，漢舊曲也。」而郊祀歌中又有不少與九歌類同的句子。因知山鬼篇等，必作於漢代無疑。又據前漢書禮樂志云：

「武帝定郊祀之禮，祠太一於甘泉，……乃立樂府，采詩夜誦，有趙，代，秦，楚之謳。以李延年爲協律都尉；多舉司馬相如等數十人造爲詩賦，略論律呂，以合八音之調，作十九章之歌。以正月上辛用事甘泉圜丘，使童男女七十人俱歌，昏祠至明。

」又按漢書禮樂志（郊祀歌）云：「千童羅舞成八溢，合好效歡虞太一。九歌畢奏斐然殊，鳴琴竽瑟會軒朱。」這裏明說武帝定郊祀禮時「多舉司馬相如等數十人造爲詩賦」又「使童男女七十人俱歌；」而所樂者之一即爲太一，又說「九歌畢奏；」由此可見九歌必爲司馬相如等人所作，殆無疑義。而九歌之作於漢代廟堂文人，於郊祀歌「九歌畢奏斐然殊」一句，便可得一鐵證。而且由「斐然殊」三字來看，更非雲中君等等文辭妙曼的九歌莫屬！

（六）漢代的宮廷生活與九歌詞藻

九歌中所寫植物，計用桂字凡五處：「桂酒，」「桂舟，」「桂櫂，」「桂棟，」「桂漿，」等；寫蘭字凡十一處：「蘭藉，」「蘭湯，」「蘭旌，」「蘭枻，」「澧有蘭，」「蘭橑，」「石蘭，」「春蘭，」「秋蘭」……等；寫蕙字凡四處：「蕙肴，」「蕙綢，」「蕙櫋，」「蕙帶。」但「蘭」「桂」這些植物的名稱，在周秦時還不習見，自秦漢開闢南海一帶的疆域以後，宮廷間才有這些「遠方而至」的植物。按晉嵇含南方草木狀說：「桂出合浦，……交趾置桂園。」又云：「蕙，一名薰草，葉如麻。兩兩相對，气如蘼蕪。可以止厲，出南海。」本草圖經：「桂有三種：菌桂生交趾山谷，牡桂出南海山谷，桂生桂陽。」呂氏春秋本味篇亦云：「招搖之桂。」（招搖，山名，在桂陽。——作者按）考秦時置桂林郡於今廣西桂林蒼梧二道，及柳江道東部之地。合浦，亦漢縣名。故城在今廣東合浦縣東北，都是秦漢以來南海交通的孔道。西漢武帝時，中國曾派使遠訪南洋諸國。同時大秦（波斯）大食（阿剌伯）的使節也從合浦交趾東來，當時中國南部如廣西桂林，扶南（漢屬鬱林郡）蒼梧，廣東合浦，及安南北部一帶，都成爲歐亞間航路的孔道。由印度錫蘭與印度支那半島（漢交趾郡及象林縣地）東來的商船，也往來了。印度及南海諸國的物產亦隨之而入。漢代宮廷中所見的蘭桂等等，都是這時候由南海進來的。在周秦以前雖則不能斷定牠絕無，但最多也祇是僅有而已。印度人稱譽人曰「蘭耆」或「蘭闍，」漢時亦以蘭桂等植物作爲美好的象徵；本草謂蘭出江南，可見蘭蕙一類都是溫帶所有的產物。到漢代還不常見。九歌中疊用蘭桂等字，必產生於漢代中印與歐亞交通以後。（蘭字在先秦載籍中絕少見。）

又按九歌少司命：「孔蓋兮翠旍。」王逸注：「言司命以孔雀之翅爲車蓋，翡翠之羽爲旗旍，言殊飾也。」洪興祖補注：「相如賦云『宛雛孔鸞。』孔，孔雀也。顏師古曰鳥赤羽者曰翡，青羽者曰翠。周禮曰蓋之圜也以象天。漢樂歌曰庶旄翠旌。」孔雀與翡翠都不是中國所原有的。或即古代之鳳凰，然而却很少見；到漢代又稱孔雀或孔鸞。漢以後復稱鳳凰。按近人馮承鈞史地叢考續編眞臘風土記云：

「禽有孔雀，翡翠，鸚鵡乃中國所無。」

眞臘之名始見於隋書。隋書卷八十二眞臘傳「眞臘在林邑西南，本扶南之屬國也。」眞臘故地卽今印度支那半島南部西貢諸地。秦漢以後始通中國。孔雀翡翠皆中國所無亦由南海而入。逸周書王會解「方人以孔鳥。」注「方人，戎別名。孔，孔雀也。與鸞相配。」論語云「鳳鳥不至，河不出圖，吾已矣夫！」春秋時，孔子已說鳳鳥不至，當時所謂鳳鳥者，恐卽指孔雀而言。從可知鳳鳥是不常有的外物。又如尹文子記楚人有担山雉者，衆皆以爲鳳凰而奇之的故事，可見鳳凰不但是外來的鳥，而且自戰國以來，一般人還不明白牠的形狀呢！到漢代開闢西南夷，那時才有孔雀傳入中原。九歌中所說孔蓋，與漢賦中「孔鸞」相同，足見是漢代的作品。

（七）九歌中的漢代地名

按九歌雲中君：

「捐余玦兮江中，遺余佩兮醴浦。」

洪興祖楚辭補注：「方言注云，澧水今在長沙。水經云：澧水出武陵充縣，注于洞庭。按禹貢曰：又東至於澧，史記作醴。孔安國馬融王肅皆以醴爲水名。鄭玄曰：醴，陵名也。長沙有醴陵縣。澧與醴古書通用，今澧州有佩浦，因楚詞爲名也。」

按醴浦卽醴陵，其說甚是。醴陵，漢侯國，後漢置醴陵縣，隋省入長沙。淸屬湖南湘江道境。按范曄後漢書郡國志：

「長沙郡，秦置。雒陽南二千八百里。」

據後漢書郡國志「醴陵」屬長沙郡。禹貢言：「導渭自鳥鼠同穴，東會于澧；」史記河渠書引作醴，班固前漢書地理志引作酆。禹貢是戰國時作品；醴字當是漢地名醴陵無疑。九歌中既有醴的地名，卽指漢侯國醴陵。

（八）山鬼與國殤的作期和性質。

按山鬼篇云：

「若有人兮山之阿，被薜荔兮帶女蘿。既含睇兮又宜笑，子慕予兮善窈窕。」

「怨公子兮悵忘歸，君思我兮不得閒。」

「風颯颯兮木蕭蕭，思公子兮徒離憂！」

這種人與神之間接觸的情形，大半是由於「靈」「巫」的媒介。大概當時的「神，」卽巫覡之屬的代表者。而這些代表神的，便稱爲「靈」。（——此外的「滿堂兮美人，」恐怕就是武帝求仙時明光殿裏的那些燕趙美人了。）

按范曄後漢書朱均傳有漢代祠山之俗。但朱均傳所載祠山風俗是民間的，（見後漢書列傳第三十一）與九歌山鬼不同。按漢武內傳云：

「及卽位，好神仙之道。常禱祈名山大川五嶽，以求神仙。」

又云：

「夫人（李夫人）謂帝曰汝好道乎？聞數招方術，祭山嶽，祠靈神，禱河川，亦爲勤矣。」

又劉歆西京雜記：

「共入靈女廟，以豚黍樂神，吹笛擊筑，歌上靈之曲。」

漢武內傳及西京雜記雖未可必信；然山鬼之或爲漢代祠山時所用的曲名，是極有可能的。

我疑心國殤是武帝時爲祭祀征西北的陣亡將士而作。從國殤的內容來看，與班固前漢書蘇武傳所載的李陵歌相彷。試對照如下：

國殤：

「操吳戈兮被犀甲，車錯轂兮短兵接。旌蔽日兮敵若雲，矢交墜兮士爭先！陵予陣兮躐予行，左驂殪兮右刃傷。霾兩輪兮縶四馬，援玉枹兮擊鳴鼓。天時懟兮威靈怒，嚴殺盡兮棄原野。出不入兮往不反，平原忽兮路超遠。帶長劍兮挾秦弓，身雖離兮心不懲。誠既勇兮又以武，終剛強兮不可陵。身既死兮神以靈，子魂魄兮爲鬼雄。」

李陵歌：

「徑萬里兮度沙漠，
爲君將兮奮匈奴；
路窮絕兮矢刃摧，

士衆滅兮名已隤。——

老母已死，雖報恩將安歸？」

拿以上兩首歌比較便覺得內容與文體上都沒有甚麼兩樣。但前者篇幅較多，以祭陣亡的將士為目的；而後者則較為簡短。大約是同一種背景的：

（一）國殤近人以為是春秋時楚人的作品，但看「操吳戈兮被犀甲，」「帶長劍兮挾秦弓」以及「平原忽兮路迢遠」這幾句，都不相合。春秋時的楚人力量未強，不致會說「操吳戈」「挾秦弓」的話。卽使出於想像，也不會有那樣的動機。

又按春秋時楚國疆域主要的僅有湖南湖北兩省，東面到安徽與江西的西部，北至河南淮水以北，西面遠至四川東部的邊境。在這個方圓之下，湖南的山脈最多。中部及南部有衡山脈與五嶺，東部與江西接境處有羅霄山脈直貫南北，此外有巫山與陵山脈橫亙西北部；湖北的中部亦有荊山脈和柏山脈相連屬，這一帶都沒有極大的平原，國殤云：「平原忽兮路迢遠。」我疑心是指漢代西征時的西北一帶，按北堂書鈔引漢官儀：「武帝西征西夷，有前後左右將軍，為國爪牙。所以揚示威靈，折衝萬里。」漢代征西北時有不少車騎將軍，（見西漢會要及漢書輿服志）與國殤「車錯轂兮短兵接」的情形適相符合。而且祇有在漢代大統一的環境之下，說「操吳戈兮被犀甲，」「帶長劍兮挾秦弓」的話，才覺得適當。

（二）國殤的內容與漢鐃歌敍戰事者性質相同。　漢代的樂府鐃歌，大祇有時事為之素地，但是要確指其事則難以考定。其中如戰城南，思悲翁等，均敍戰事，譚儀解為久戍思歸而哀國殤，（註三十）背景似與國殤相似。漢鐃歌是民間的歌謠，國殤則純粹是祭奠為國戰死的將士的祭歌，是同時的作品。

由上述的八項證據，九歌之為西漢（武帝時）宮廷作品已可斷言。祇因為當時產生在宮廷中，又因武帝在宮廷中求仙的經過，「其事祕世莫傳也！」（見上荀悅前漢紀孝武皇帝紀及史記封禪書）因此若不經一番考證，從各方去搜索觀察，就會誤信王逸之流的傳說。

最後，我們引一首宋人方岳立春都壇受誓祭九歌壇的詩作為本篇的結束：

「輦路春融雪未乾，
雞人初唱五更寒；
瓊幡第一番花信，
吹上東皇太一壇。」（註三十一）

這裏的所謂九宮壇，大約就是清代的圜丘天壇之類，為祭天而設的。明代還有不少九歌體的「朝廟雅歌樂章」，體裁與九歌相同。（詳見九通分類總纂卷一百二十四樂類十，至卷一百二十五。明末王夫之九歌通論以為禮魂一章，是送神的曲，疑即指與「明代朝廟雅歌樂章」末節同樣性質。）從這首詩裏面我們可以看到宋代亦有像九歌一樣宮廷的祭祀，詩中稱「輦路」稱「瓊幡」，而且還舉出東皇太一的名，可證是與九歌同一情形的。明代倣九歌的朝廟雅歌樂章，大約亦是在這種背景下的作品吧！

（註二十八）見陸侃如屈原（亞東書局）

（註二十九）見民國二十一年十二月二十七日申報：「考古組在此工作以來，已清理墓葬八座，多為車馬裝飾及戈矛斧戟等。最可驚異者，為此類墓葬，多有馬殉葬，墓葬之旁，多另築土坑，已發現之馬坑，最大者有馬坑六十餘架，并有車馬之裝飾甚多，由車馬可以尋得古戰車制度之一部，實為考古界最近之大貢獻也。」

（註三十）參看孔德漢短簫鐃歌十八曲考釋。（載東方雜誌二十三卷第九號）

（註三十一）千首宋人絕句卷下。（商務）

六　九章以下各篇的時代

楚辭中列在九歌之後的便是九章。

九章的作者據王逸楚辭章句亦以爲「屈原。」他說：「九章者，屈原之所作也。屈原放於江南之野，思君念國，憂心罔極，故復作九章。」朱熹楚辭集註亦說：「九章者，屈原之所作也。屈原既放，思君念國，隨事感觸，輒形於聲；後人輯之得其九章，合爲一卷，非必出於一時之言也。」——兩說均不足信。按九章是模擬離騷與九歌之作。其中惜誦、思美人、惜往日、悲回風、橘頌五篇已經近人陸侃如明白斷定他是僞作了。據陸氏屈原與宋玉中說道：「他（屈原）的作品的研究也與傳記一樣的困難，因爲他到底有幾篇作品，至今還沒有定論。大體講來可分新舊兩派。舊派以王逸爲首，二千年來雖也異說紛紜，然皆以漢書藝文志所說二十五篇之數爲根據。新派以胡適爲首，近來學者亦各有主張；然大體皆不信漢志，另在作品本身上求證據。我個人自然是相信新派的，然近數年來也變遷了三次。第一次在屈原評傳（亞東本屈原卷首）裏相信他有十一篇，即離騷一篇，天問一篇，九章九篇。是第二次作楚辭（商務本）的引論，便在九章中除去惜誦，思美人，惜往日，悲回風四篇，共剩七篇。第三次在中國詩史（第四篇第三章）裏又減去天問與九章中的橘頌二篇，所以他的作品只有五篇。我覺得總之只有離騷，涉江，哀郢，抽思及懷沙五篇是眞的，其餘的二十篇（九歌十一篇，九章之半五篇，天問、遠遊、卜居、漁父四篇）都靠不住。」

他說九章中抽思，哀郢，涉江，懷沙四篇所以推測牠是眞的作品，惜誦，思美人，惜往日，悲回風四篇所以認爲僞作者，約有下面幾種理由：

（一）「抽思等均有亂辭，而惜誦等篇則無。」

（二）「抽思等篇都另有題目，惜誦等篇則以首二字或三字作題，這些都不是偶然的區別。不然，爲什麼凡有題目的都有亂辭，沒有題目的都沒有亂辭呢？世間那有這樣湊巧的事？」

（三）「抽思等篇都是「屈原」的自傳。抽思篇又考見他第一次放於漢北的情形；哀郢又考見他第二次放逐向東走的路程和情形；涉江又考見他折向西南行的路程和情形，懷沙可考見他的時期和地點。但惜誦等篇，只是很抽象的發些牢騷而已。」

（四）「抽思等篇的語句都是「屈原」自己的口吻；惜誦等篇則顯然是別人的口吻。例如惜誦「忽忘身之賤貧」的「賤貧」二字，如惜往日「屬貞臣而日娭」「何貞臣之無罪」及「使貞臣爲無由」等的貞臣二字，都不是「屈原」的語氣，都是七諫九懷之流亞。」

這四項理由裏面，以第四條最爲有力。九章中有賤貧忠臣一類的話，不像作者本人的口吻，這一點對於辯正惜誦和惜往日之爲僞作，確是最有力的。然而陸氏以抽思等四篇沒有「賤貧」「貞臣」一類的痕迹，遂定其爲「屈原」作者，這却嫌理由不足了！

又按近人陳鐘凡楚辭各篇作者考論抽思云：

「仿騷之作，如抽思曰：『昔君與我成言兮，曰黃昏以爲期。羌中道而回畔兮，反既有此他志。』明從騷中『曰黃昏以爲期兮，羌中道而改道。初既與余成言兮，後悔遁而有他。』等句摹擬而來。其下又云：『憍吾以其美好兮，覽余言以其修姱。與余言而不信兮，蓋爲予而造怒。』則襲取『紛吾既有此內美兮，又重之以修能。』及『荃不察予之中情兮，反信讒而齊怒』等句。篇中又言『有鳥自南兮，來集漢北。』『望南山而流涕兮，臨流水而太息。』考原兩次被放，東至陵陽，南入溆浦，未嘗北征。」（暨南大學中國文學系期刊創刊號）

這是對的。抽思中述及漢北，即使不提，但篇中既有一部分完全襲取離騷的句子，其爲後人僞托無疑。否則如出同一作者，而且作品的質量很少，當不致雷同如此。因此我們斷定抽思亦是僞作的。

至於悲回風，言及「屈子」沈淵，惜誦的暗襲離騷，而且和離騷的志趣各異；以及思美人的模仿離騷，更可斷定牠們是後人僞作的。

九章中惜誦、思美人、惜往日、悲回風、抽思五篇既是僞作，而其中橘頌一篇也不是「屈原」的作品。橘頌一篇，我疑心是秦漢之際才產生的，作者已不可考，大約是出於淮南的文人所作。橘在古代大抵出於淮南而不見於淮北。按晏子春秋內篇襍下云：

「橘生淮南則爲橘，生於淮北則爲枳，葉徒相似，其實味不同。所以然者何？水土異也。」

呂氏春秋本味篇亦云：

「江浦之橘，雲夢之柚。」註云：浦，濱也；橘所生也。生江北則爲枳。雲夢，楚澤，出柚。

橘頌也許是漢代淮南王羣臣的作品。在秦以前，除晏子春秋及呂氏春秋曾說到橘以外，只有莊子天運篇提起過「橘」字，在周末還屬僅見。

此外，九章中近人以爲眞作的哀郢、涉江、懷沙三篇，我以爲亦是僞作。其理由如下：

第一，哀郢中有秦漢時地名。按哀郢云：

「遵江夏以流亡。」

「過夏首而西浮兮，顧龍門而不見。」
「陵陽侯之氾濫兮，忽翺翔而焉薄。」
「當陵陽之焉至兮，淼南度之焉如。」
「背夏浦而西思兮，」
「江與夏之不可涉。」

淸汪遠孫漢書地理志校本「江夏郡。高帝置，屬荆州。舊注應曰：沔水自江別至南郡華容爲夏水，過郡入江，故曰江夏。」（二十五史補編，開明版）

這裏所說的「江夏」「江與夏」「和夏首，」都是前漢時的地名。按江夏，漢置。元和志：「雲夢縣東南涢水北有江夏故城。周數里，南近夏水，餘址寬大，前漢江夏郡所理也。」這明是漢代地名的鐵證。但舊註偏加以曲解，朱熹楚辭集註云：「江，大江也；夏，夏水名。或以爲自江而別，以通於漢，還復入江。冬竭夏流，故謂之夏。而其入江處今名夏口。」他將江夏分爲兩水，本極牽強，還說「自江而別，以通於漢，還復入江」，更是勉強的臆測了。戴震的屈原賦注，對於江夏二字無說；實際上是漢代的地名。

其次，按夏首即今漢口（夏口縣）在湖北雲夢縣東南，爲漢代江夏郡故址。朱熹楚辭集註云：「夏首，夏水口也。」林雲銘楚辭燈亦云：「夏首，夏水口也。」但我以爲這是錯誤的。夏水即長夏河，在今湖北江陵縣西北。哀郢中「過夏首而西浮兮，顧龍門而不見。」與「背夏浦而西思兮，哀故都之日遠。」意義相同。林雲銘楚辭燈：「夏浦，即夏口之浦，」楊守敬楚辭地圖繪夏浦於江漢接口處，即今湖北黃陂縣地。而長夏河則爲江水之支流，與夏口距離甚遠。今湖北夏口縣即舊漢陽縣境。因此旣知夏首卽夏口縣舊名，便不能說夏首是夏水的口了。

從哀郢後半段所說：「惟郢路之遼遠兮，江與夏之不可涉。」此處所言江與夏，雖則是明指江水和夏水，但是已經離開江夏郡和夏口夏浦一帶，向長江西面的上流進行，夏水在郢都（今湖北江陵縣——荆州——）東北，故哀郢「惟郢路之遼遠兮，江與夏之不可涉」二句，指出由東而西的水路，並且可以證明哀郢前半篇所說「夏浦」「夏首」和「江夏」的確在湖北武昌一帶。所以在說「過夏首而西浮兮」「背夏浦而西思兮」之後，才說「江與夏之不可涉」了。

篇首一節是寫漢南越王之亂以後的兵役狀況，民離散東遷的記事；哀郢的背景便是變亂前後的描寫。哀郢云：「當陵陽之焉至兮，淼南度之焉如，」以及全篇所記的水路交通，大約卽與前漢時常有的兵役攸關。這裏卽使不能確定其背景的究竟，但影射當時兵役以前的遷徙，則不由得不使人信爲哀郢的背景了。

按漢鹽鐵論：「今山東之戎馬甲士戍邊郡者，絕殊遼遠，身在胡越，心懷老母。老母垂泣，室婦悲恨，推其饑渴，念其寒苦。」「若今繇役極遠，盡苦寒之地，危難之處，涉胡越之域，今茲往而來歲還，父母延頸而西望，男女怨曠而相思，身在東楚，志在西河。故一人行而鄉曲恨，一人死而萬人悲。」拿這個背景來讀哀郢，直如讀杜甫的兵車行一樣。而且此處所說「身在東楚，志在西河」的情形，簡直就是哀郢的環境。

又前漢書賈捐之傳：

「至孝武皇帝元狩六年，大倉之粟，紅腐而不可食，都內之錢，貫朽而不可校。迺探平城之事，……北卻匈奴萬里，更起營塞，制南海以爲八郡，則天下斷獄數萬，民賦數百，造鹽鐵酒榷之利，以佐用度，猶不能足。當此之時，寇賊並起，軍旅數發，父戰死於前，子鬬傷於後，女子乘亭鄣，孤兒號於道，老母寡婦飮泣巷哭，遙設虛祭，想魂乎萬里之外。……今天下獨有關東，關東大者獨有齊楚，民衆久困，連年流離，離其城郭，相枕席於道路。……今陛下不忍悁悁之怒，欲驅士衆擠之大海之中，快心幽冥之地，非所以救助饑饉，保全元元也。……何況

迺復其南方萬里之蠻乎！」

賈捐之傳中有這一段，雖是議武帝放棄珠崖，但前漢時却匈奴，制南海等次的兵役，於此已可見一斑。我想哀郢就是在這種背景下產生的。

但哀郢篇末一節，自「外承歡之汋約兮，諶荏弱而難持，忠湛湛而願進兮，妒披離而鄣之。堯舜之抗行兮，杳杳而薄天，衆讒人之嫉妒兮，被以不慈之僞名。」至篇終「信非吾罪而棄逐兮，何日夜而忘之！」這一段的語氣，絕對和前半篇不同，也完全是別人的口吻。也許哀郢本是前漢時的一篇賦體的散文詩，作者已不可考，後來經過王逸等人的傅會，便將哀郢和「屈原」拉在一起了。今按篇中「發郢而去閭兮，荒忽其焉極」兩句，實與哀郢篇名不合。

其次，說到涉江一篇。

涉江中有不少因襲離騷與九歌的原句，這類的句子約佔十分之七八。現列表如下：

（涉　江）	（離　騷）	（九　歌）
帶長鋏之陸離兮，冠切雲之崔嵬。	高余冠之岌岌兮，長余佩之陸離。	
世溷濁而莫余知兮	世溷濁而嫉賢兮，	

駕青虯以驂白螭。	駟玉虯以乘鷖兮。	
吾與重華遊兮瑤之圃。	就重華而陳辭……夕余	
	至乎懸圃。	
登崑崙兮食玉英。	遭吾道夫崑崙兮。	
哀南夷之莫我知兮，旦予	濟沅湘以南征兮。	
濟乎江湘。		
步予馬兮山皋，	步予馬於蘭皋兮，	
邸予車兮方林。	馳椒丘且焉止息。	
船容與而不進兮，	忽吾行此流沙兮，	
淹回水而疑滯。	遵赤水而容與。	君不行兮夷猶，蹇誰留兮中洲。（湘君）

朝發枉渚兮夕宿辰陽。

苟余心其端直兮，

雖僻遠之何傷。

入漵浦予儃佪兮，

迷不知吾之所如。

深林杳以冥冥兮，

猿狖之所居。

山峻高以蔽日兮，

下幽晦以多雨。

幽獨處乎山中。

朝發軔於蒼梧兮，

夕余至乎縣圃。

苟余情其信姱以練要兮，

雖顑頷亦何傷。

回朕車以復路兮，

及行迷之未遠。

雷填填兮雨冥冥，

猨啾啾兮又夜鳴。（山鬼）

予處幽篁兮終不見天。……杳冥冥兮羌

晝晦，東風飄兮神靈雨。（山鬼）

若有人兮山之阿，……予處幽篁兮終不

見天。（山鬼）

吾不能變心而從俗兮。	固時俗之工巧兮，……予不忍爲此態也。
固將愁苦而窮終。	吾獨窮困乎此時也。
比干菹醢。	固前修以菹醢。
與前世而皆然兮。	自前世而固然。

綜觀上表，便知涉江必是離騷九歌以後的僞作無疑！

其次，再說懷沙。

懷沙自來或解作「屈原」懷沙沉湘時的絕筆，故有此稱；這一說以史記僞屈傳立說最早，按僞屈傳載：「屈原至於江濱，被髮行吟澤畔，顏色憔悴，形容枯槁。……乃作懷沙之賦。……於是懷石，遂自投汨羅而死。」但據王念孫讀書雜志說：「懷沙：『曾傷爰哀，永歎喟兮，世溷不吾知，心不可謂兮。』引之曰：曾傷爰哀四句，乃後人據楚辭增入，非史記原文也。曾吟恆悲四句，卽曾傷爰哀四句之異文，特史記在道遠忽兮之下，楚辭在余何畏懼兮之下耳。後人據楚辭增入，而不知已見於上文也。浩浩沅湘兮以下，每句有兮字，而曾傷爰哀世溷不吾知二句下，獨無兮字，與楚辭相合，其增入之跡，尤屬顯然。永歎喟兮，集解引王逸注曰：喟，息也。則後四句之增，蓋在裴駰以前矣。又案此四句，似當從史記列於道遠忽兮之下，今循其文義讀之，世旣莫吾知矣，人心不可謂矣，懷情抱質兮，獨無匹兮，皆言世莫能知也。定心廣志兮，餘何畏懼兮，知死不可讓兮，願勿愛兮。皆言己不畏死也。其敍次秩然不紊，蓋子長所見屈原賦如此，較叔師本爲長。」王氏以懷沙中文字曾爲王逸所改，確具卓見。但他以爲史記所載的爲確切，還不盡然。按懷沙本義，並不是「懷沙石而自沈」（東方朔七諫云：懷沙礫而自沉兮，不忍見君之蔽壅）的意思。蔣驥獨以沙爲石，義亦未安。但蔣氏於山帶閣注楚辭中謂懷沙之名與哀郢涉江同義，沙本地名，此說最可信。蔣驥幷引戰國策、史記、山海經、遯甲經、路史等書證明古有「長沙」之名，但以爲「長沙」之名古已有之，還是不可靠的誤會。按姚際恆古今僞書考說山海經：「經中且言長沙，零陵，雁門諸郡，……此蓋秦漢間人所作，昔人已論之多矣。」漢書地理志：「長沙國，秦郡，高帝五年爲國。」且遯甲經與路史均後人所僞纂，史記中言「長沙」亦漢郡，足證長沙是秦漢間才有的地名。

再則，離騷的作者並非投水而死，在上文已有詳考。故懷沙一篇，史記及舊說均以爲「屈原」沈淵時作，實不足信。

又按懷沙篇首：

「滔滔孟夏兮，草木莽莽。傷懷永哀兮，汨徂南土！」

這裏所謂「南土，」當在沅湘以南。何以知道呢？涉江云：

「哀南夷之莫我知兮，旦予濟乎江湘。」思美人云：「吾且儃回以娛憂兮，觀南人之變態。」

以上所云「南土」、「南夷」、「南人」和懷沙篇末：「浩浩沅湘，分流汨兮。修路幽蔽，道遠忽兮。」其實同一環境。但「屈原」何以爲南夷所莫我知，而要「汨徂南土」呢？這些在虛構的「屈原」傳說中是無法解釋的疑問，換言之，都與「屈原」的傳說無關。

懷沙篇的時代環境，我以爲亦與哀郢相同。因篇中所說「傷懷永哀兮，汨徂南土」的背景，大約亦是寫前漢時平南越之亂的繇役。前漢書嚴助傳：「越方外之地，斷髮文身之民也。……處谿谷之間，篁竹之中，習於水鬥，便於用舟，地深昧而多水險，中國之人不知其埶阻而入其地，雖百不當其一。得其地，不可郡縣也，……反以中國而勞蠻夷也。……今發兵行數千里，資衣糧入越地，輿轎而隃領，拕舟而入水，行數百千里，夾以深林叢竹，水道上下擊石，林中多蝮蛇猛獸，夏月暑時，歐泄霍亂之病相隨屬也。……助還，又諭淮南曰：皇帝問淮南王，使中大夫王上書言事，聞之。朕……夫以眇眇之身，託於王侯之上，內有饑寒之民，南夷相攘，使邊騷然不安，朕甚懼焉。……今閩越王狼戾不仁，……所爲甚多不義，又數舉兵侵陵百越，并兼鄰國，以爲暴彊，陰計奇策，……欲招會稽之地，……今者邊又言閩王率兩國擊南越。」這種情形正是懷沙的背景了。懷沙以長沙爲出發點，向沅湘以南進展，目的大約是閩粵的南蠻。漢武帝時西南夷幾次作亂，士卒多死，後來平定南越以後，遂復平南夷，置牂牁郡於貴州。（武帝建元三年，閩粵發兵圍東甌，東甌使人告急天子，天子許之，漢兵未至，閩粵引兵去，東甌請舉國內徙，乃處之江淮間。六年，閩粵擊南粵，南粵以上聞，上遣王恢等伐閩粵。）武帝元鼎五年，「漢遣擊南粵，……明年，乃發兵距漢：……漢遣楊僕韓說等四將軍伐之，乃徙其民於江淮之間。粵地遂墟，不復置郡。」前漢時西南夷與閩粵的叛亂，終武帝之世，差不多沒有安寧的日子。所亂的區域也很廣，現在兩湖、閩粵、皖、贛、雲貴諸省，常有繇役。當時環境既動亂不寧，人民亦流離失所。有的要被徵去從軍了，——「去故鄉而就遠兮」——那些被拋棄的妻女，也「民離散而相失」

了。這一部遠征遷徙的歷史，讀哀郢、涉江、懷沙三篇，簡直像讀三篇漢代的從軍行和兵車行；但是都被漢儒所竄改，蒙蔽了二千多年的面目！

末了，我們既知九章中除橘頌一篇與楚辭無關外，其餘惜誦、涉江、哀郢、抽思、懷沙、思美人、惜往日、悲回風八篇都是離騷以後的僞作；現在還有一點要附帶說明的：

前漢末尙無九章之名，近人已成定說。九章的作期，也不是出於一個時代。我疑心哀郢、涉江、懷沙幾篇的作期在前，惜誦、思美人、悲回風、惜往日幾篇的作期較晚。前幾篇本與「屈原」的傳說無關，大約是前漢時的辭賦，作者已不可考；後來經過王逸等的傅會，才將牠和虛構的「屈原」拉在一起。惜誦等顯然是後人的僞託，其中如「故相臣莫若君兮，所以證之不遠。」「吾誼先君而後身兮，羌衆人之所仇；專惟君而無他兮，又衆兆之所讎」一類的句子，無論意識或技巧，都及不上離騷九歌，可見必非與離騷九歌同一背景，同一作者的。

至於九章的篇數，疑是後人搜集前漢時的懷沙一類的辭賦，再加上僞託的惜誦幾篇湊合而成。一面拿「屈原」的傳說來牽附，一面效仿九歌的名義合成九篇，故以九章爲名。這個篇數是否劉向或王逸所竄，雖不能斷定牠，但他們確有僞纂九章的嫌疑和可能。

以上，我們既將離騷、九歌和九章都定爲漢代的產物，楚辭的大半重要作品，都重新確定了牠們的時代。以下的九辯、遠游等篇，更明爲僞作了。

現在先說遠游：

王逸楚辭章句謂：「屈原託配仙人，與俱遊戲。」洪興祖楚辭補注、朱熹楚辭集注等亦均無異說，其實亦是錯誤的。至廖季平始謂：「遠遊篇與司馬大人賦如出一手，大同小異。」此說發前人所未發，陸侃如遂復疑遠遊爲東漢人僞託。其理由有三：(一)遠遊所表見的思想，與他篇不同。(二)篇中所用神仙之名，如韓衆，王喬非「屈原」時所有。(三)結構詞句多襲大人賦。故此斷定牠是東漢人所僞託的。陸氏根據舊有的「屈原」傳說來駁正遠游的時代，對於「屈原」的存在與否姑且不論；但他以王喬韓衆諸神仙非戰國時所有，這一點是不錯的。（見同上楚辭引論）

近人胡先煇更細校此篇，並舉出其中十之五六，剿襲離騷文句。現對照如后：

遠游	離騷
哀人生之長勤。	哀人生之多艱。
願承風乎遺則。	願依彭咸之遺則。
絕氛埃而淑尤兮。	溘埃風余上征。
終不反其故鄉。	又何懷乎故都？
聊仿佯而逍遙兮。	聊浮游以逍遙。
春秋忽其不淹兮。	日月忽其不掩兮。
奚久留此故居？	又何懷乎故都？
命天閽其開關兮。	吾令帝閽開關兮。
排閶闔而望予。	倚閶闔而望予。
朝發軔於太儀兮。	朝發軔於蒼梧兮。

夕始臨於微閭。　　夕余至乎縣圃。
屯余車之萬乘兮。　　屯余車其千乘兮。
紛溶與而並馳。　　齊玉軑而並馳。

其餘或採九歌、九章、天問、七諫、哀時命及山海經、老莊、淮南諸書，不僅襲取離騷一篇。要之，遠遊爲漢人作品，是無疑的！〔遠遊云：「下崢嶸而無地兮，上寥廓而無天。視儵忽而無見兮，聽惝怳而無聞。」按淮南子道應訓：「若我南游乎罔㝗之野，北息乎沈墨之鄉，西窮窅冥之黨，東開鴻濛之先。此其下無地而上無天，聽焉無聞，視焉無眴。」王念孫讀書雜志云：「此云下無地而上無天，聽焉無聞，視焉無眴，義本遠遊也。」按實則遠遊本於淮南。〕

其次，說天問。

我以爲這篇是秦末的作品。舊說均不可靠，近人或以爲「屈原」最初之作，亦未可信。其理由約有四端：

（一）王逸楚辭章句說天問：

「屈原放逐，憂心愁悴，彷徨山澤，經歷陵陸，嗟號旻昊，仰天歎息。見有先王之廟及公卿祠堂，圖畫天地山川神靈，琦瑋僪佹，及古聖賢怪物行事。周流罷倦，休息其下，仰見圖畫，因書其壁，何而問之，以渫憤懣，舒瀉愁思。楚人哀思屈原，因共論述，故其文義不次序云爾。」

王逸之說不知何所據而云然？不料朱熹却信以爲眞。（詳見朱熹楚辭集註）此層陸侃如楚辭引論說得很好：「他說寫於廟堂之壁的話也不可靠。祠堂是不會在山澤陵陸間的，牆上也不是隨便可以亂寫的。而且句句都能叶韻，決不像後人從牆壁上抄下來的，」（原文載暨南大學中國文學系期刊創刊號）王逸之說一不可靠；其次，從古代載籍中搜尋，亦未見楚國有公卿祠堂圖畫天地山川的記事，而壁畫實始於漢代，因此王逸之說更不可信。天問一篇本與「屈原」無關，亦非楚辭文體，必定是東漢時雜湊在楚辭裏的。

(二)若天問與離騷均是「屈原」所作，則離騷中已經敍述很明白的故事，便不致在天問中再發疑問，這是最淺顯的理由。按天問：「鯀何所營？」離騷云：「鯀婞直以亡身兮；」天問：「昆侖懸圃，其凥安在？」離騷云：「邅吾道夫昆侖兮，路脩遠以周流。……忽吾行此流沙兮，遵赤水而容與。……路脩遠而多艱兮，騰衆車使徑待。路不周以左轉兮，指西海以爲期。」在天問中還是懷疑的問題，但在離騷中已經替牠解答了。由此可知天問既不是傳說中「屈原」的作品，而離騷則爲前漢時劉安之作，故天問作期，大約在戰國末年。(註三十二)

(三)按天問云：「康回馮怒，地何故以東南傾？」這個疑問在戰國時還沒有答案，到漢代淮南子才說：「昔共工之力，觸不周之山，使地東南傾。」又按天問：「白蜺嬰茀，胡爲此堂？安得良藥，不能固臧？」此節舊注家以爲是指崔文子與王子僑的故事（見列仙傳）清丁晏撰天問箋，始謂所指當是嫦娥奔月。但按嫦娥奔月的傳說亦始見於淮南子。可見天問的時代，必定距離淮南子的時代不遠的。又按天問云：「圜則九重，孰營度之？惟茲何功，孰初作之？斡維焉繫？天極焉加？八柱何當？東南何虧？九天之際，安放安屬？隅隈多有，誰知其數？天何所沓？十二焉分？日月安屬？列星安陳？」一節，在淮南子天文訓和墬形訓兩篇都有大約的答復。又如天問所問：「九州何錯？川谷何洿？東流不溢，孰知其故？東西南北，其修孰多？南北順橢，其衍幾何？崑崙懸圃，其凥安在？增城九重，其高幾里？四方之門，其誰從焉？西北辟啓，何氣通焉？何所冬煖？何所夏寒？」這一束宇宙問題的懸案，淮南子裏都替牠解答了。按淮南子墬形篇道：

「何謂九州？東南神州曰農土，正南次州曰沃土，西南戎州曰滔土，正西弇州曰并土，正中冀州曰中土，西北台州曰肥土，正北泲州曰成土，東北薄州曰隱土，正東陽州曰申土。……闔四海之內，東西二萬八千里，南北二萬六千里，水道八千里，通谷其名川六百，陸徑三千里。禹乃使太章步自東極，至于西極，二億三萬三千五百里七十五步，使豎亥步自北極，至于南極，二億三萬三千五百里七十五步。……禹乃以息土填洪水以為名山，掘崑崙以為下地，（按即池）中有增城九重，其高萬一千里百一十四步二尺六寸。上有木禾，其脩五尋。珠樹玉樹琁樹不死樹在其西。……旁有四百四十門，……北門開以內（納）不周之風。……懸圃涼風樊桐在崑崙閶闔之中。」（註三十三）

這種答案雖則並不正確，但是在淮南子之前，確乎還沒有人能夠答覆牠。此外如莊子天運篇所問：「天其運乎？地其處乎？日月其爭於所乎？孰主張是？孰綱維是？孰居無事推而行是？意者其有機緘而不得已耶？意者其運轉而不能自止耶？雲者為雨乎？雨者為雲乎？孰隆施是？……風起北方，一西一東，有上彷徨，孰噓吸是？」與天問篇同一目的，而且句法和意義也大抵相同，大約這一東宇宙的問題，在戰國時還是一些懸案，不過天問裏所問的最多而且最廣。由此可見天問的時代，必在淮南子之前，莊子等書之後，我們推定牠是秦末的產物。

（四）其次，按天問云「登立為帝，孰道尚之？」二句，牠在懷疑到宇宙問題之外，而且懷疑到人主了。這顯然不是傳說中忠君愛國的「屈原」的口氣，這種充滿着懷疑精神的思想，我以為必定是產生在秦末大革命時期的！

劉向把天問篇收進楚辭，其實已與「楚辭」的風格並不相合了。但陳本禮屈辭精義却以為眞，他說：「此屈子題圖之作，非渺茫問天詞也。」並且舉出天問中所題的圖，共有百〇九幅，更是無稽之談，不值一駁。要有百〇九幅壁畫的時代，至少到漢代才有這樣的事實。

以下便要說到招魂和大招了。

王逸以招魂為宋玉所作，王船山據史記歸於「屈原」，（註三十四）黃文煥楚辭聽直、林雲銘楚辭燈均以為招魂篇首說陔，篇末亂詞說吾是「屈原」自招之文。我斷定這篇也是漢代的產物。因爲篇中曾說：

「獻歲發春兮，汨吾南征；菉蘋齊葉兮白芷生。路貫廬江兮左長薄，倚沼畦瀛兮遙望博。」

按廬江漢置，爲漢時地名。郡治在今安徽廬江縣西一百二十里，古廬子國，春秋時爲舒國。漢書地理志：「廬江郡，故淮南。文帝六年別爲國。」又曰：「吳地，……今之會稽，九江、丹陽、豫章、廬江、廣陵、六安、臨淮郡：盡吳分也。」此卽漢時地名明證。而且所用形容四方險惡的神話，正足以反映西漢時國力遠被的表現。

招魂中很顯然的曾受印度佛教的影響。佛教自西漢時傳入中國，山海經與天問招魂等的神話，一部分便出源於印度。可見招魂的時代，必定在漢朝！

又按招魂：「砥室翠翹，挂曲瓊些！翡翠珠被，爛齊光些！」考翡翠，亦秦漢以前所無。自武帝時開通南海諸島，方才有「翠羽之珍，盈於後宮」（前漢紀）的事。馮承鈞史地叢考續編眞臘風土記云：「禽有孔雀，翡翠，鸚鵡，乃中國所無。」眞臘便是現在的西貢，屬於印度支那半島。而翡翠則原是熱帶產生的飛禽，招魂中一再述及，可見必定是漢代的作品無疑。

其次，說大招一篇。

王逸楚辭章句：「大招者，屈原之所作也。或曰景差，疑不能明也。」大招的作者決非所謂「屈原，」已成定論。胡適以爲大招模仿招魂，應在招魂之後，是不錯的。（讀楚辭）且篇中所敍國界，北至幽陵，南至交趾，西至羊腸，東至東海，顯然是秦漢以後的情形。因此可斷大招非楚人之作，必是漢人的作品，可以認爲無疑了！

至於宋玉和景差的存在與否，這個問題亦和「屈原」的存在與否大略相同。「屈原」已經我們否定他的存在了宋玉與景差亦都始見於漢人的記載。〔淸梁玉繩漢書人表考：「宋玉始見史屈原傳，文選高唐，神女，登徒子好色賦，對楚王問，鄢人。（水經沔水注：宜城人。）屈原弟子。（王逸楚詞章句）體貌閑麗，（好色賦）楚襄王稱爲先生（對問）冢在唐州北陽縣。（寰宇記）」〕至於他們的作品，宋玉的九辯大約是漢人所僞託的。其中因襲離騷和哀郢的詞句極多，而且接連着幾句一個字不改，其爲僞託甚明。此外傳爲宋玉所作的招魂亦經證明是漢代人僞托的作品，古文苑所載宋玉賦十篇，近人劉大白辨明是漢人的僞作，（見小說月報號外中國文學研究劉大白宋玉賦辨僞）由此可見宋玉的存在，大約亦出於虛構無疑。至於景差唐勒之流，更不可信。因爲他們對於楚辭的傳說關係較淺，故不贅述。

（按九通分類總纂藝文類云：「東坡（蘇軾）答劉沔書曰：梁蕭統文選，世以爲工，以軾觀之，拙於文而陋於識者，莫統若也。宋玉賦高唐神女，……而統爲之敍，此與兒童之見何異！」又按直齋書錄解題亦云：「（古文苑九卷）不知何人集，皆漢以來遺文史傳及文選所無者，世傳孫洙巨源於佛寺經龕中得之，唐人所藏。」大約世傳宋玉諸作，本出後人所僞託者。）

此外，楚辭中傳爲「屈原」作者，尙有卜居及漁父兩篇。

按篇首言「屈原既放，」顯然是後人的口吻。這兩篇與漢賦同源，時代亦與漢賦相等。

楚辭中的作品，除天問與漢人的倣作以外，（今傳楚辭中惟天問一篇時代最早。天問疑是秦末大革命時期的作品，原與「楚辭」無關，當另文詳論。）其餘離騷、九歌、九章、遠游、九辯（九辯早經近人斷爲漢人的僞作，故不具論，參看陸侃如中國詩史等。）招魂、大招、卜居、漁父等，都經我們考證牠是漢代的作品了。二千年以來，蒙蔽在儒家傳說中的軀殼，也給牠洗刷淸楚了。從這裏可以窺見東周時詩經的時期衰落以後，經過戰國的長期紛亂，代表楚人統一中原時的新興文藝，便是漢代和辭賦同源的「楚辭」

（註三十二）陳直齋書錄解題楚辭集說卷條云：「至謂山海經淮南子，殆因天問而著書，說者反取二書以證天問，可謂高世絕識毫髮無遺恨者矣。」

（註三十三）按管子地數篇：「地之東西二萬八千里，南北二萬六千里，其出水者八千里，受水者八千里。」又見全書輕重乙篇。姚際恆古今僞書考疑管子雜周秦的僞作部分。近人更以爲管子是漢代的僞書。

（註三十四）見船山遺書楚辭通釋。

（終）